BLOND CENDRÉ

Du même auteur :

La peau des autres, Gallimard, 2005.
Séquelles ordinaires, Gallimard, 2007.
Un baiser sous X, Fayard, 2010.
En retard sur la vie, Fayard, 2012.

www.editions-jclattes.fr

Éric Paradisi

BLOND CENDRÉ

Roman

JC Lattès

ISBN : 978-2-7096-4750-2

Maquette de couverture : Bleu T. © F. C. L.

Première édition septembre 2014.

À Florencia

Si la vie est éphémère, le fait d'avoir vécu une vie éphémère est un fait éternel.

Jankélévitch

Je me souviens de m'être brossé les cheveux, d'avoir fixé la neige sur le balcon. C'était si apaisant de flotter au milieu de la neige et de téléphoner à l'homme que j'aime. Je t'ai dit que je ne viendrais pas ce soir. Tu n'as pas insisté, toi aussi tu étais fatigué. C'était après les fêtes, le troisième vendredi de janvier. Quelque chose d'écœurant stagnait dans l'air. Mais pas en nous. Nos deux corps restaient en dehors du monde. Nos corps préservés, à l'abri des mois qui filaient, amoureusement intacts. Je sais que tu as regardé la fougère que je t'ai offerte, les feuilles qui se sont épanouies cet été. Tu t'es couché en pensant que j'étais heureuse. Oui, j'étais heureuse. D'ailleurs je me souviens de t'avoir parlé de notre mariage. Tu m'as fait rire lorsque tu m'as répondu que l'on devrait commencer par vivre ensemble, avant l'église et ma robe extravagante. Pourquoi n'ai-je pas eu le courage de te rejoindre? Maintenant, c'est trop tard. Il fait froid et je suis glacée. J'aimerais sentir le poids de mon corps sur le canapé, la fluidité de mon souffle. J'aimerais garder ta main dans mes cheveux et la serrer au moment où la neige coule au bout de mes mèches. Je te l'ai souvent répété, tu es l'homme de ma vie, je t'ai choisi, et tu seras le dernier.

Grand-père Maurizio m'avait dit ne connaître que deux mondes, celui des vivants et celui des morts. Après la promulgation des lois raciales de 1938, le monde des vivants, du moins celui de sa communauté, aurait dû pressentir l'imminence. Mais personne ne voulait y croire, les Italiens n'étaient pas antisémites, et les fascistes ne s'étaient livrés à aucune exaction. Il a fallu le massacre perpétré à Meina par des unités SS, à la fin septembre 1943, avait-il précisé avec tristesse. On tuait des Juifs sur les rives du lac Majeur, puis on les jetait à l'eau. Le monde des morts remontait avec leurs cadavres. Qu'est-ce que je fais dans ce monde? Pourquoi grand-père m'apparaît-il sur son lit d'hôpital? J'ai l'impression de disparaître sous la neige, que les mots de grand-père tourbillonnent comme autant de flocons. L'angoisse qui l'avait saisi dans le train le réveille, il gémit, les membres ankylosés, la gorge asséchée, inspire un filet d'air à la lucarne barbelée du wagon. Il cherche les yeux dans le noir, on ne distinguait que les yeux, un enchevêtrement d'yeux épuisés et souffrants. Mais il ne discerne que son corps sec et noueux sous le drap. Une plainte soulève sa poitrine, sa main tâtonne l'interrupteur, puis se referme sur le téléphone portable posé au bord de la table de chevet. Ma mère s'apprête à engloutir une tarte aux cerises lorsque la sonnerie écourte son rêve. La voix balbutiante la tire du sommeil, *Il y a un incendie, je vois la fumée et les flammes. Je vais m'habiller et partir. Il y a un incendie.* Ma mère lui répète de ne pas sortir de l'hôpital, il n'y a aucun incendie, c'est un cauchemar, elle ira lui rendre visite demain. Grand-père Maurizio hésite à éteindre la lumière. À reprendre sa place dans le wagon. Le convoi s'ébranla avec une extrême lenteur. Les yeux resurgirent, suffoquant dans la sueur et la puanteur. Des paupières s'affaissaient, d'autres cillaient d'effroi. Près de lui, les yeux d'une mère se lamentaient du sort de son enfant. Ceux des hommes à bout de nerfs s'agitaient. Des poings émergeaient alors de l'obscurité, frappaient un dos, une jambe, un ventre amaigri. Puis revenait le silence.

Le front d'une femme ballottait contre l'épaule de Maurizio, et rien n'importait davantage que cette oscillation, comme si Alba se tenait blottie contre lui. Elle était apparue dans le salon de coiffure familial peu avant l'arrestation de Mussolini. Leurs regards s'étaient croisés à plusieurs reprises, fouillant les pensées de l'autre au point de le troubler. Depuis, Maurizio ne rêvait qu'à l'écheveau de mèches blond cendré. Alba, elle, rêvait de changer le monde. L'annonce de l'armistice signé entre le gouvernement et les Alliés déclencha la riposte de Hitler. Les soldats de la Wehrmacht stationnés en Italie envahirent les points stratégiques du territoire, dont Rome qui dut se soumettre malgré les combats acharnés de septembre. Les parents de Maurizio rouvrirent le salon le jour où un commando de la Waffen-SS délivra Mussolini. Le *Duce* proclama la naissance de la République sociale italienne et reconstitua la Milice. Une semaine avant *Rosh Hashana*, les Juifs de la capitale commencèrent à craindre les rumeurs provenant d'Allemagne.

Le monde d'Alba s'enfonçait dans la guerre. Elle en fut si désemparée, qu'un matin pluvieux elle eut envie de revoir le coiffeur du ghetto. Elle contourna le sanctuaire du Largo Argentina, apercevant le salon à une extrémité de la place. Elle traversa la route détrempée de son pas tranchant tandis que Maurizio s'empressait de l'accueillir à la porte. Un vacillement de clochette ponctua leurs retrouvailles. Il la débarrassa de son imperméable, lui adressa un sourire de surprise auquel elle répondit aussitôt, puis il regretta de devoir la confier à sa mère. Sa main tressaillit lorsqu'il rangea le vêtement humide au vestiaire, glissant la lettre longuement mûrie dans une des poches au rabat décousu. Son père qui encaissait un client remarqua son geste et s'en amusa d'un léger hochement de menton. Du coin de l'œil, se remémorant le contenu de la lettre, Maurizio observait sa mère démêler la chevelure d'Alba. Il ignorait que la Résistance ne se souciait guère des fautes d'orthographe, seules comptaient la force des mots et la sincérité des sentiments.

Elle découvrit l'enveloppe sur le Ponte Garibaldi, cherchant son foulard pour se protéger d'une nouvelle averse. Mais elle ne lut la lettre qu'une fois rentrée chez sa tante. Des messages, Alba en transmettait aux membres du réseau, cependant celui-ci fit doucement palpiter son cœur. Elle avait déjà eu des amants, et que Maurizio fût plus jeune, elle s'en moquait, n'était-ce pas d'ailleurs quelque peu subversif ? Et puis, tout simplement, elle le trouvait beau. Elle l'attendit le lendemain midi à la fermeture du salon.

Ils s'éloignèrent du ghetto dans un fourmillement de ruelles où l'ombre des chats miaulait jusqu'au Tibre. Un ghetto dont les murs avaient été détruits depuis près d'un siècle, mais avec l'occupation allemande, les patrouilles de miliciens semblaient en retracer les limites, bloquant parfois la via Arenula, défilant avec un air de mépris. Aucun de ces *squadristi* n'aurait cependant pu contenir la nature impulsive d'Alba, l'impatience de Maurizio, empêcher le frôlement de leurs doigts.

« Je suis né dans ce quartier, dit-il en la dévisageant, avec une paire de ciseaux entre les mains, parce que dans ma famille, on devient tous coiffeurs. Même petit, je faisais déjà voltiger les boucles des clientes. Et toi, tu travailles, tu étudies ?

— J'essaie de finir mon droit, et je sers un peu d'assistante à un avocat, mais bientôt je pourrai plaider devant n'importe quelle cour ! Je veux défendre la cause des femmes, s'exclama-t-elle d'une voix déterminée, militer pour le droit de vote, les rendre plus libres. Dans ce pays, nous devons nous battre pour obtenir un emploi, les hommes ont l'impression qu'on leur vole. Rien ne nous sera jamais offert, nous devons tout conquérir ! »

Ses longs sourcils en restèrent froncés, puis son large front s'apaisa devant le sourire approbateur de Maurizio.

« Pas chez nous, ma mère travaille autant que mon père. Mais avocate, c'est autre chose… », répondit-il, les yeux baissés.

Il se demanda comment une fille aussi brillante pouvait bien s'intéresser à lui. Mais il releva la tête lorsqu'elle affirma :

« Tous les métiers sont utiles. Nous les communistes, on est pour l'égalité. Et toi, tu aimes ton métier, j'ai vu de quelle manière tu coiffais, on dirait un artiste. »

Dès leur première rencontre, elle avait remarqué la délicatesse que Maurizio imprimait à ses ciseaux, les lames qui suivaient le mouvement du peigne et libéraient dans un chuintement une pluie de cheveux.

« Quand j'étais enfant, c'est moi qui rasais mon père le dimanche, j'adorais ça… Voir sa figure apparaître sous le savon à barbe. Il y a une façon de manipuler le rasoir, c'est assez délicat, tu sais, il faut un geste sûr et de l'adresse, certaines parties du visage sont très sensibles… »

Leurs doigts se touchèrent à nouveau, Maurizio retint ceux d'Alba. Il en rougit presque tant il était heureux.

« Ah bon, lesquelles ? »

L'étroite ruelle baignait dans la tiédeur. D'une fenêtre entrebâillée leur parvenait le swing des trois sœurs Lescano.

« Sous le nez », précisa-t-il, effleurant le bord des lèvres pulpeuses.

Leur soudaine immobilité les troubla davantage.

« Et puis ?

— Juste sous l'oreille, murmura-t-il. Il faut légèrement tirer sur la peau pour éviter la moindre coupure. C'est vraiment très délicat… »

Elle serra la main de Maurizio sur sa joue.

« Je vois… »

Puis elle l'attira dans ses bras.

« J'ai déjà fait des concours, dit-il confusément. Enfin, entre les coiffeurs du quartier, et… »

Elle l'interrompit d'un baiser. Ses yeux gris bleuté pétillaient dans l'ombre.

« Et ?

— Je gagne souvent », répondit-il après lui avoir rendu son baiser.

Ils s'embrassèrent encore en se promenant jusqu'au Tibre. Alba avait envie de franchir le pont qui reliait leurs quartiers, envie d'être seule avec Maurizio à l'appartement. Mais il l'entraîna joyeusement vers les berges de l'île Tibérine, là où les amoureux n'avaient pas à subir les moqueries des fascistes. Ils se dissimulèrent néanmoins sous les rameaux d'un saule, s'y enlacèrent comme si leurs corps se retrouvaient après une absence. Maurizio respirait ce parfum de jasmin. Il enfouissait ses mains dans la chevelure cendrée dont les reflets ruisselaient entre ses doigts. Ses lèvres s'éveillaient en embrassant fougueusement Alba. Un baiser comme une valse qu'ils en tombèrent à genoux. Puis leurs corps roulèrent dans un crissement de feuilles.

Le dimanche suivant, Maurizio emprunta la motocyclette d'un oncle pour emmener Alba déjeuner à la mer. Il connaissait une gargote ouverte hors saison les jours fériés. Le patron d'ordinaire enjoué faisait grise mine, impossible de se procurer la farine pour la pizza, il pouvait cependant leur servir une friture de poissons, refusant ainsi de se plier au menu dominical imposé par l'État, *minestra, insalata e frutta*. Cette guerre était en train de ruiner l'Italie, Mussolini imposait le jeûne à la population, mais les Américains venaient de libérer Naples, on danserait avec eux pour le Nouvel An. En attendant, il fallait bien se nourrir, parce qu'un Italien, un vrai, pas ceux qui portaient la *camicia nera*, ne pouvait vivre sans avoir le ventre plein, surtout les pâtes, comment vivre sans pâtes ? Puis il les pria de s'asseoir à n'importe quelle table, les clients n'étaient pas nombreux aujourd'hui, heureusement il restait les habitués. Alba choisit une place près de la fenêtre d'où la mer ondulait sous le soleil.

« Cet homme a raison, le fascisme ne produit que le malheur du peuple. Mais pour vous, c'est une condamnation, Hitler veut exterminer tous les Juifs, on vous déporte dans des camps en Pologne, ceux qui travaillent meurent d'épuisement, les autres sont massacrés…

— Peut-être qu'il y a des morts, mais de là à tuer des millions de gens…, répondit-il l'air incrédule. De toute façon, Mussolini s'oppose à ce que l'on s'attaque aux Juifs italiens. Et puis à Rome, notre communauté a fourni cinquante kilos d'or aux Allemands, pour notre sécurité, même ma mère a donné ses bagues.

— Vous ne leur avez rien donné, ils l'ont exigé, ce SS, Kappler, est un nazi de la pire espèce, et les nazis n'ont pas de paroles. »

Maurizio enserra les mains d'Alba. Il voulait profiter de cette première journée, maintenir la guerre loin d'eux, ne voir par la fenêtre que les reflets de lumière enchevêtrés aux vagues d'un bleu profond.

« Même quand tu es inquiète, je te trouve belle… Tu n'as pas à t'en faire, Mussolini est stupide, mais il ne nous veut aucun mal. En Italie, personne ne doit porter l'étoile jaune. »

Alba haussa les épaules.

« Les fascistes vous ont exclus de toutes les administrations, vous n'avez plus le droit d'étudier, et… si on se fréquentait depuis longtemps, on ne pourrait pas se marier, fit-elle remarquer tandis que

Maurizio esquissait un sourire. Je ne t'ai pas dit que je voulais me marier avec toi, mais c'est pour que tu comprennes…

— Je sais tout ça, mais les Américains seront là à Noël, non ?

— Je ne pense pas, répondit-elle fermement.

— Comment peux-tu en être sûre ? Naples n'est qu'à un peu plus de deux cents kilomètres. »

Alba se mordilla la lèvre. Regroupées dans les Apennins le long d'une ligne coupant l'Italie, les troupes allemandes se préparaient à défendre l'accès à Rome. Ces renseignements étaient confidentiels, tout comme ses liens avec la lutte armée. Elle attira les mains de Maurizio à sa bouche et y déposa un baiser.

« Espérons que tu aies raison », dit-elle pendant que l'aubergiste revenait avec les assiettes.

Ils dévorèrent le poisson frit. Puis un photographe ambulant proposa de réaliser leur portrait. Assise sur les genoux de Maurizio qui lui tenait la taille, Alba fixa l'objectif d'un sourire discret, comme si elle s'en méfiait, peur que ce cliché ne figure un jour dans un dossier de la police politique. En lui tendant sa carte, le photographe précisa que ce serait prêt en milieu de semaine prochaine. Ils le remercièrent avant de disparaître vers la plage.

Cet après-midi-là, Alba ne regretta qu'une seule chose, ne pas se baigner tant l'eau lui sembla douce. Le ciel apaisant. L'air étrangement tiède, même lorsqu'ils regagnèrent Rome et qu'elle se blottit dans le dos de Maurizio, comme si son étreinte pouvait retarder l'heure du couvre-feu. Et ce baiser si prometteur à la porte de son immeuble ? Puis la motocyclette fila vers le ghetto. Maurizio aussi ressentait cette légèreté, il plaisanta avec ses parents qui rentraient du Temple, rit des questions de ses deux petites sœurs qui voulaient savoir où leur frère avait passé cette journée. Depuis le début de l'été, tous se rendaient plus fréquemment au Temple, priant pour les Juifs d'Europe, pour les soldats américains qui se battaient sur le sol italien.

Maurizio s'endormit en respirant sur ses mains ce parfum de jasmin, le corps d'Alba contre le sien, comme s'il la gardait dans ses bras – ce à quoi il s'employa dès le mercredi, cheminant vers l'échoppe du photographe. Elle décida qu'il conserverait ce portrait, prétexta qu'elle n'en avait pas besoin pour se souvenir de son visage, ne se reverraient-ils pas bientôt ? Qu'avait-il de prévu dimanche ? Et comme il désirait n'être qu'avec elle, il accepta son invitation pour le déjeuner. Alba était logée chez sa tante, une veuve dont le fils exploitait les carrières de marbre familiales. Maurizio fut intimidé par l'aspect cossu de l'appartement, allant même effleurer l'émail soyeux de la baignoire, car chez ses parents, on n'utilisait qu'un baquet.

« Ma tante est assez riche, dit-elle d'un air gêné. Cependant pas assez pour avoir le courage de rester à Rome. Elle est partie chez son fils, à la campagne. Ma famille aussi vit à la campagne, mais ne te fie pas aux apparences, mon père n'est qu'instituteur, et ma mère couturière. Ce qu'il y a de plus riche, chez nous, c'est notre engagement politique et notre sens du partage. D'ailleurs cette baignoire t'appartient autant qu'à moi », plaisanta-t-elle afin de le mettre à l'aise.

Puis elle le poussa vers la cuisine pour surveiller le repas. Ils se restaurèrent en buvant des verres de vin rouge. Mais à présent qu'ils étaient seuls, les gestes de Maurizio avaient perdu de leur audace. Une fois le café bu au salon, Alba lui prit doucement la main et la posa sur sa poitrine.

« Ceci est également à toi, murmura-t-elle. Mais je ne suis pas comme ça avec tout le monde... J'ai simplement envie de toi. »

Il avait su dès leur rencontre qu'Alba en connaissait davantage au sujet de l'amour, et cela ne le choquait pas, ne l'effrayait pas, il en éprouvait plutôt un sentiment de fierté mêlé d'admiration. Elle se déshabilla devant lui et Maurizio en fit tout autant. Puis ils s'enlacèrent un moment, debout au milieu des ombres de la chambre, immobiles dans le contact de leur chair. Ils s'embrassèrent si délicatement que leurs peaux en frémirent, alors elle l'attira sur le lit, et Maurizio, pour la première fois, uni au plus profond d'Alba, se sentit dans un éternel présent. Ils retrouvèrent ce présent un midi, puis le vendredi d'après. Les parents qui se doutaient que leur fils fréquentait une jeune fille étaient loin d'imaginer ce que pouvait être ce présent. Mais l'après-midi du 15 octobre, après leur avoir téléphoné au salon, les prévenant qu'il faisait *shabbat* chez la tante de sa fiancée, et qu'il ne rentrerait pas à cause du couvre-feu, ils comprirent que ce présent était tout ce qu'il y avait de plus sérieux. Un présent que le corps des deux amants exaltait sous le ciel de Rome. Et tandis que les bombes éventraient les terres d'Europe, les happaient de leur souffle, embrasaient les villes et les chairs, l'incessant soulèvement de leur corps les épargnait de toute fatalité.

L'aube leur restitua ce présent, mais sur l'autre rive du Tibre, trois compagnies de SS-polizei lançaient une rafle dans le ghetto. La nouvelle se répandit de quartier en quartier, jusqu'à l'appartement d'Alba, deux coups répétés à sa porte. À voix basse, un partisan aux traits anguleux lui narra les événements, puis disparut dans l'escalier. Elle en resta abasourdie, les jambes lourdes, agitées d'un tremblement qu'elle maîtrisa en réveillant Maurizio. Elle lui parla lentement, le serra dans ses bras, comme si elle le protégeait des rais de lumière qui perçaient les volets et lui criblaient le dos.

« Il y a encore un espoir, chuchota-t-elle. Beaucoup de gens ont réussi à se sauver. Ils se sont réfugiés dans des couvents, même la population les cache...

— Il faut que j'aille voir.

— Pour faire quoi ? Te faire arrêter... J'aurais sûrement d'autres informations dans la journée. »

Il la questionna du regard.

« Tu es dans la résistance ?

— Je ne peux pas t'en dire plus... »

Maurizio la dévisagea et acquiesça d'un air penaud. Il comprenait mieux pourquoi elle lui avait affirmé que les Alliés ne seraient pas là à Noël, pourquoi malgré tout l'or de la communauté, les siens n'avaient jamais été à l'abri.

« Je vais y aller, je ne risque rien, ajouta-t-elle. Je serai de retour avant le couvre-feu. Tu n'ouvres pas et tu ne réponds pas au téléphone. »

Par les volets entrebâillés, il suivit des yeux la silhouette d'Alba qui se dirigeait vers le pont. Elle le franchit en courant, maudissant le nom de Kappler, car seul le chef de la Gestapo pouvait planifier une telle opération. À bout de souffle, elle aperçut les derniers camions s'engager sur la via Arenula. Puis ce fut la stupéfaction. Les portes des maisons béaient sur leurs gonds, aucune agitation dans les rues, tout le quartier avait été ratissé jusqu'au Temple. Elle se précipita chez les parents de Maurizio, mais le même silence effaré freina son élan, les chambres étaient vides, et l'on devinait au détour d'une chaise renversée, d'une poupée oubliée sur la table, les traces d'un affolement. Alba apprit au cours de la journée que plus d'un millier de Juifs était retenu au Collège Militaire. Pas de liste de noms communiquée. Deux jours après la rafle, les prisonniers étaient emmenés à la gare de Tiburtina, entassés dans des wagons et déportés.

Plus aucun convoi plombé ne s'achemine vers l'Est. Aucune locomotive ne laisse échapper des jets de vapeur morbides. Pourtant, de là où je me tiens, c'est comme si je distinguais mon corps dans une sorte de brouillard, seul au milieu de la brasserie dont la terrasse donne sur les quais. Lorsque la brume se dissipe, je te revois poser les yeux sur ma nuque fine et blême, te faufiler entre les chaises, mais c'est mon accent qui t'a charmé. Tu t'es assis à la table voisine, mêlant ton regard à la conversation, si vif et clair que j'en ai frissonné, ne supposant rien, nullement gênée, tant ton regard exprimait un sentiment qui me tranquillisait. Tu écoutais la mélodie de mes inflexions, haussais parfois un sourcil comme si mes suggestions te concernaient, sans chercher à te dissimuler, conscient que tu ne le pouvais pas, ne le voulais pas, tu m'écoutais et je poursuivais mon bavardage, parce qu'après, mon dieu, que se passerait-il ? Y aurait-il quelque chose après ? Mon interlocuteur a raccroché brusquement. Les yeux baissés, je caressais les touches de mon téléphone, songeais à Alba lisant la lettre de grand-père. Comme elle, je voulais qu'il y ait un *après*, sinon à quoi bon vivre ?

— Vous allez loin ? as-tu fini par prononcer comme si nous avions rendez-vous.

J'ai réfréné un soupir de soulagement, rangé mon téléphone dans une poche en contrôlant mon geste.

— À Strasbourg, ai-je répondu lentement.

— Votre train part bientôt ?

— Dans douze minutes, ai-je fait, les yeux sur l'horloge.

— Ça nous laisse peu de temps… On peut, soit essayer d'arrêter de respirer, as-tu suggéré dans un sourire, soit on respire comme si de rien n'était, et je vous accompagne à votre train…

Respirer. Il faut que je respire, mon amour, respirer pour me souvenir de tout. Que rien ne s'éteigne malgré la neige qui s'amoncelle dans mon cerveau. Respirer quand tu m'as dit sur le quai que tu aimerais me revoir, quand tu m'as demandé mon numéro. Je te l'ai répété en articulant davantage, vérifiant les chiffres sur le cadran de ton téléphone. Le cœur battant, je suis montée à bord. J'ai regretté que tu ne me suives pas, ne m'invites pas à boire un verre au wagon-bar, n'importe quoi pour que l'on respire ensemble. La porte s'est refermée brutalement. Je t'ai regardé par la vitre comme si moi aussi on m'emmenait en Pologne. Puis le quai a défilé en avalant des poteaux gris. Mon téléphone a sonné lorsque le train vibrait dans le méandre des voies. Étais-je d'accord pour dîner ce samedi ? Trois nuits avant de t'abreuver de paroles, d'aborder tous les sujets dans la plus parfaite confusion, te questionnant entre deux digressions sur ta vie. Qu'en faisais-tu de ta vie ? Je te voyais crouler sous la masse d'informations. Mais comme grand-père Maurizio, tu es doté de patience, juste quelques sourires entendus, un discret pianotage sur la nappe. Et plus je te parlais, plus je me sentais fondre, peur qu'un silence ne me fasse glisser de ma chaise, ou ne me précipite dans tes bras. Respirer. En marchant côte à côte sur le trottoir, grisée par le vin, je ne savais pas comment occuper les miens, de bras, alors j'ai hélé un taxi et je t'ai planté là. Pas longtemps, mon amour, seulement jusqu'au lendemain où je t'ai retrouvé au jardin du Luxembourg. J'avais besoin d'air pour reprendre notre conversation. D'air pour respirer. Tout n'est qu'une question de respiration. Assis face à face sur des chaises métalliques, le ventre noué, je t'ai dit que je ne voulais pas d'une aventure, ni d'une petite histoire, je voulais une histoire en grand, pourtant je te connaissais à peine, mais tu me plaisais, tu m'avais plu à la terrasse d'une brasserie de gare, au premier coup d'œil, oui, tu me plaisais, c'est pour ça que je voulais que tout soit grand entre nous. Et si je devais tomber de haut, que tu me le dises maintenant ou bien te taises à jamais. Respirer. Tu t'es levé pour glisser tes mains dans les miennes, puis tu m'as embrassée en gardant tes yeux ouverts.

— Tu es sûr ? t'ai-je malgré tout demandé.

— J'ai toujours rêvé de voir la vie en grand à deux.

Nous étions un couple. Je te tenais le bras comme le font les femmes de mon pays, nous marchions sereinement au milieu d'une allée verdoyante. Nous étions cette évidence. Ce couple que les promeneurs suivent parfois du regard. Deux âmes réunies à nouveau dans le présent. Un couple. Une fois franchies les grilles du jardin, cette évidence nous épargnait le tumulte de la ville, même le soleil remontait du fond des nuages avec un fragment de ciel bleu. Le ciel est immense, mon amour, il ne faut pas le redouter, si vaste que j'ai eu tant de mal à te quitter. À respirer. Le lendemain, je n'étais pas libre, mais le jour d'après ton orchidée blanche fleurissait ma maison. Mon poulet aux épinards et aux douze épices réchauffait dans le plat, pas la bouteille de vin blanc déjà vide. J'embrassais l'homme que j'aime. Les lèvres timides et curieuses, seules avec les tiennes pour la première fois. Respirer.

Certains après-midis, Maurizio ne résistait pas à l'envie de grimper jusqu'à la terrasse de l'immeuble. Lorsque le soleil de novembre se montrait généreux, les femmes y mettaient leur lessive à sécher, sinon la terrasse restait déserte, seuls les fils à linge semblaient strier la course des nuages. Maurizio observait la ville, écoutait ses rumeurs, guettant l'écho d'une bombe placée par les partisans, des déflagrations d'armes légères. La Résistance avait même récemment tué des fascistes en plein centre. Mais ce jour-là, l'action se déroulait au sommet d'un édifice du quartier d'Appio-Latino, un membre de *Bandiera Rossa* venait d'y hisser un drapeau orné de la faucille et du marteau. Maurizio ne put apercevoir l'emblème défier le ciel de Rome, ni reconnaître

Alba qui s'enfuyait avec d'autres guetteurs. Elle ne lui avait rien révélé de ses activités, se limitait aux informations concernant sa famille, aucuns faux papiers ne leur avaient été délivrés, ils se terraient sans doute avec d'autres dans quelque endroit de la ville. Mais l'entrée des couvents était surveillée par la Milice, quant aux habitations, comment savoir qui s'y cachait ? Elle ne lui rapporta que le témoignage des cheminots, ils avaient vu plusieurs centaines de personnes monter dans un convoi comprenant dix-huit wagons – dont des femmes et des enfants. Maurizio fixa les nuages noirs qui convergeaient du nord, mais il ne quitta la terrasse que lorsque la pluie s'abattit violemment.

Enfermé dans l'appartement, il avait l'impression que le silence lui pénétrait le corps. Il alluma la radio en sourdine, s'affala sur le canapé. Les siens lui manquaient, les rues à présent inanimées de son enfance, l'odeur capiteuse du salon mêlée de shampoing, de lotion et de laque, cette odeur comme rythmée par le bruissement des ciseaux. Il regarda ses mains et elles lui semblèrent inexorablement vides. Des mains privées de tout repère, des mains loin de celles de ses parents, de ses sœurs. Une plainte s'échappa de ses lèvres crispées, même si Maurizio ne se représentait sa famille que vivante, il aurait pris tous les risques pour obtenir la liste des déportés, car Alba lui avait confirmé l'existence de cette liste. Mais qui pouvait s'attaquer au siège de la Gestapo ? Et lui demeurait cloîtré au lieu de participer au combat, lui qui n'était d'aucune utilité, hormis à Alba qu'il aimait de toutes ses forces, enraciné dans sa chair, Alba à laquelle il donnait tout son courage. Maurizio épia les bruits derrière la porte. Le couvre-feu approchait et la peur qu'elle ne revînt plus jamais lui broyait la gorge. Comment eût-il pu vivre sans elle ? Il sursauta lorsque la clé tourna dans la serrure, qu'enfin réapparut Alba. Il l'enlaça un long moment et respira ce parfum de jasmin. Ses mains n'étaient plus vides, ses mains pouvaient se remplir d'elle, la dévêtir lentement, effleurer les nuances les plus infimes de son corps.

« J'ai été retardée, dit-elle en l'embrassant. Je suis désolée… »

Il la serra à nouveau dans ses bras, désirait ne plus être séparé d'elle.

« Je veux participer à ta lutte, je deviens fou à t'attendre toute la journée.

— C'est trop dangereux, répondit-elle, le visage blotti dans son cou. Moi, je peux circuler librement, mais toi, en cas de contrôle, tu seras arrêté à cause de ton adresse dans le ghetto. Les Allemands et les miliciens surgissent n'importe où… Non, je ne veux pas que tu coures ce risque.

— Tu n'as qu'à me procurer des faux papiers.

— Oui, mais ceux qui doivent être évacués à la campagne sont prioritaires… Il y a des rescapés de la rafle qui se cachent dans les catacombes. Mais je te promets que le jour où les Alliés seront proches, tu participeras à la libération de Rome. Sois patient, si tu veux m'aider, sois patient. »

Il posa le front contre celui d'Alba. Caressant son visage, il sentait combien ses mains étaient vivantes.

« Je t'ai ramené une petite surprise…

— La tête de Kappler, parvint-il à plaisanter.

— Non, tu ne te sers pas souvent de sa tête… »

Elle ouvrit son sac et Maurizio reconnut aussitôt la forme courbée du manche.

« Des ciseaux, de vrais ciseaux de coiffeur ! s'exclama-t-il.

— Je les ai achetés chez un fournisseur de Trastevere », répondit-elle, omettant d'évoquer la nouvelle provocation de *Bandiera Rossa*, ce drapeau rouge que les Romains avaient pu contempler avant l'intervention de la police allemande. Tous avaient réussi à s'enfuir, mais la répression se durcissait à mesure que les Alliés progressaient vers la capitale.

« Ils sont parfaits », ajouta Maurizio, une fois glissé le pouce et l'auriculaire entre les anneaux.

Puis il passa une main experte en démêlant les boucles d'Alba, repéra les fourches rêches et ternes.

Assise devant le miroir de la salle de bains, elle frissonna lorsque d'un sourire émerveillé il épointa la première mèche. Elle ferma les yeux et les écarquilla quand il l'allongea sur le lit. Ils se donnèrent exaspérément l'un à l'autre, comme une ultime étreinte, se répétant qu'ils s'aimaient, puis le sommeil berça leurs corps apaisés. Ils ne se levèrent que pour prendre un bain, chacun lavant l'autre silencieusement. Ne leur parvenaient que le clapotis de l'eau et le frottement sourd des peaux contre l'émail.

« Je t'épouserai après la guerre, finit-il par murmurer. On s'installera dans une ville du nord, Milan ou Turin. Toi, tu défendras les femmes, et moi, j'ouvrirai un salon exclusivement pour elles. »

Elle sourit, pressa l'éponge sur le visage de Maurizio.

« Tu sais coiffer les femmes ?

— Depuis le temps que j'observe ma mère... Et puis j'apprendrai avec toi, répondit-il en l'enlaçant. Je veux vivre et mourir avec toi. »

Alba eut un sourire rêveur, déposa un baiser dans ses cheveux noir de jais, soulignant qu'eux aussi avaient besoin d'être coupés. Elle alla chercher les ciseaux et le rejoignit dans le bain, puis elle suivit à la lettre ses conseils. Elle s'amusait à saisir entre ses doigts l'extrémité des longueurs qui disparaissait sous les lames. Lorsqu'elle soufflait sur les fragments de cheveux agglutinés aux ciseaux, Maurizio riait des bouffées d'air lui chatouillant la nuque. Chaque dimanche, ils renouvelèrent ce rituel, quelques pointes de leurs cheveux pour suspendre la guerre. Et chaque dimanche avant toi, je les imaginais tous les deux, comme si moi aussi j'avais besoin de suspendre le sentiment de solitude qui m'assaillait. Le lundi, Alba repartait à travers la ville, Maurizio se morfondait du haut de la terrasse.

Un soir de la fin novembre, elle rentra après le couvre-feu, les yeux rougis de larmes. On avait découvert l'imprimerie clandestine du journal *Italia Libera*, interpellé quatre responsables, dont Leone Ginzburg, l'un des fondateurs du *Partito d'Azione*. Et les Alliés qui n'arrivaient pas à briser la chaîne allemande le long des Apennins, harcelés par l'artillerie et des pluies torrentielles, tandis que les rafles de Juifs se succédaient dans toutes les grandes villes du pays. Presque chaque jour, le sang coulait dans les rues de Rome. Alba priait que ce sang fût ennemi, comme le jour de Noël où un partisan à bicyclette lança un engin explosif devant la prison de Regina Coeli, tuant huit militaires. Le soir du Nouvel An, ils burent une bouteille de mousseux au nom de la Victoire, puis ils dansèrent une partie de la nuit en se chantant d'innombrables succès.

Dès le début de janvier 1944, la guérilla redoubla d'intensité, une colonne motorisée allemande fut attaquée à coups de bombes incendiaires, et peu après on arrêta un curé et un lieutenant appartenant au *Fronte militare clandestino*. Même les civils mouraient sous les bombes de l'aviation américaine. Le 22 janvier, les Alliés étaient toujours embourbés dans les tranchées du Monte Cassino lorsque quarante mille soldats débarquèrent à Anzio, espérant prendre la Wehrmacht à revers. Mais à la fin du mois de février, la route vers Rome demeurait inaccessible.

La Gestapo qui était parvenue à infiltrer des réseaux de la capitale avait appréhendé cinq camarades de *Bandiera Rossa*. Cependant l'organisation comptait plusieurs centaines d'activistes, et leur détermination ne fléchissait pas. Maurizio se tourmentait pour Alba, voyait dans l'enlisement de l'armée américaine un danger grandissant. Quand il songeait à sa famille, il se persuadait que tous les quatre étaient en sécurité, mais l'angoisse le tirait du sommeil. Le cœur comprimé, il cherchait dans l'obscurité dense et moite la présence des siens. Alors il contemplait l'harmonie des traits d'Alba, se blottissait dans son dos, comme collé à sa respiration. Maurizio aurait donné sa vie pour que cette respiration ne cessât jamais. Mais à l'aube du 23 mars, la porte de l'appartement était sur le point de céder sous la charge des crosses. Alba qui s'était réveillée en sursaut murmura d'une voix tremblante :

« Quoi qu'il advienne de nous, ne te résigne pas, n'oublie pas que je t'aime. »

Avant que Maurizio ne pût prononcer un mot, elle l'embrassa, gardant son visage entre ses mains, puis elle sortit de la chambre au moment où la serrure volait jusqu'au sol. Les soldats trouvèrent Alba immobile au milieu de l'entrée. Elle repéra un officier SS ainsi qu'un civil de la police politique italienne.

« Que voulez-vous ? les toisa-t-elle avec aplomb.

— Tu es bien Alba Pozzoli ? aboya le milicien.

— Oui.

— Tu es seule ?

— Non… »

Elle précéda les soldats qui, fusils pointés dans son dos, envahirent la chambre. Maurizio qui avait entendu les propos d'Alba s'était assis au bord du lit. Le milicien lui ordonna de mettre les mains derrière la tête, puis l'homme poussa les volets. La lumière heurta les visages tendus.

« Où sont tes papiers ? dit-il en le fixant.

— Dans la poche de ma veste, sur la chaise.

— Je l'ai rencontré hier dans un café près de l'université », affirma Alba.

Le policier fouilla le vêtement. Maurizio vit son rictus.

« Un juif, certifia-t-il à l'officier, c'est une adresse dans le ghetto. Un sale juif avec une putain de communiste. »

Alba lui cracha à la figure. Le milicien l'empoigna par les cheveux, mais elle se débattit si bien qu'elle fit sauter son chapeau, criant qu'elle se souviendrait de sa face de porc. Et d'un goret, il en avait la tête, glabre et rosée, larges oreilles effilées, yeux fendus et chassieux. Seuls les sourcils broussailleux le différenciaient de l'animal. La gifle projeta Alba au pied du lit. Maurizio voulut s'interposer mais le canon d'un fusil s'enfonça dans sa poitrine. Le milicien appuya sa semelle contre le front d'Alba, elle n'aurait pas besoin de se rappeler son visage, proféra-t-il, elle serait dans un tel état après ses aveux qu'elle le supplierait de l'achever. L'officier SS intervint d'un geste de la main, lui faisant signe d'ôter sa botte, il avait hâte que l'on interroge les prisonniers.

« Habillez-vous ! » leur lança le policier d'un regard inquisiteur.

En franchissant la porte de l'immeuble, Maurizio éprouva une étrange sensation de liberté, il respira profondément la fraîcheur du matin, contempla le calme de la rue où il ne s'était pas hasardé depuis cinq mois. Les deux amants échangèrent la même expression vulnérable. Puis on les déféra à la prison de Regina Coeli.

Maurizio confirma la version d'Alba, déclarant l'avoir rencontrée la veille. Après les arrestations d'octobre, il était retourné dans le ghetto, se cachant dans le grenier d'un immeuble, se nourrissant de conserves abandonnées. Parfois, il s'aventurait en ville, cherchait une fille avec qui passer la nuit. Il était le fils d'Alberto et d'Anna Rossi, un couple de coiffeurs raflés avec ses deux sœurs, Agata et Giannina, âgées de cinq et treize ans. Quelqu'un pouvait-il lui dire où était sa famille ? « Soit chez des terroristes, soit internée dans un camp de travail. Mais nous préférons l'éventualité d'un camp de travail. Les juifs se dépensent beaucoup pour le Reich ! » ironisa une voix derrière la lumière qui éblouissait Maurizio. Menotté à une chaise, il s'étonnait de n'avoir reçu aucun coup. Au sujet de la politique, il répondit que lui et sa famille étaient d'honnêtes citoyens, personne ne se mêlait des affaires de l'État.

« Tu prétends donc ne pas appartenir à un réseau…

— Oui. Et cette fille non plus, les filles doivent rester à la maison, assura-t-il l'air innocent.

— Ou coucher avec des inconnus, les communistes couchent avec tout le monde, c'est à ça qu'on les reconnaît », dit la voix répulsive.

À une autre extrémité de la prison, le milicien et l'officier SS harcelaient Alba de questions où revenaient les noms de ses amis partisans. Comme elle s'obstinait à garder le silence malgré la peur qui la convulsait, on la tortura plus violemment. Les mains entravées dans le dos, elle hurlait sur la chaise à mesure que ses forces l'abandonnaient. Elle se borna à répéter qu'elle était étudiante en droit, pas résistante, et qu'elle ne se battait que pour l'égalité des femmes. Ses bourreaux étaient persuadés du contraire, pressés de mettre un terme aux agissements de *Bandiera Rossa*. Le milicien saisit le casque de soldat posé sur la table et frappa Alba au ventre. À peine eut-elle repris son souffle que l'acier lui fendit le crâne, le sang coula sur ses yeux, puis sa tête bascula dans le vide.

Pendant qu'on la traînait par les aisselles le long des couloirs glacés, ceux qu'elle n'avait pas dénoncés surveillaient la via Rasella. Le partisan aux traits anguleux qui l'avait informée de la rafle du ghetto ôta sa casquette en guise de signal. À hauteur du Palazzo Tittone, un autre résistant déguisé en cantonnier alluma la mèche d'une bombe dissimulée dans un chariot de ramassage d'ordures. Il s'éloigna calmement avec son balai, laissant la paille de riz griffer le trottoir. L'engin explosa au passage d'une compagnie de SS-polizei, tuant trente-deux soldats et en blessant une centaine. Des éclats de vitres fusaient encore de l'édifice lorsque les partisans lancèrent une volée de grenades pour couvrir leur fuite.

Les détenus de la prison de Coeli n'entendirent pas la déflagration. Nombre d'entre eux furent cependant désignés comme otages. Alba échappa aux représailles parce qu'il fallait la maintenir en vie, quant à Maurizio qui semblait dire la vérité, on préféra attendre les aveux de la terroriste pour statuer sur son sort. Mais le fait d'être de race juive suffisait à le condamner. Le lendemain, l'Obersturmbannführer Kappler, le même qui avait organisé la rafle du ghetto, ordonna de fusiller les trois cent trente-cinq otages dans les Fosses ardéatines. Conduits par groupe de cinq au fond des galeries obscures de la périphérie de Rome, les SS les exécutèrent d'une balle dans la nuque. À l'issue du massacre, les officiers de Kappler dynamitèrent l'entrée des grottes. Le monde des morts ensevelissait indifféremment, communistes, Juifs, opposants au régime, fascistes en disgrâce, hommes fuyant le travail obligatoire, et simples passants.

Que ferais-tu si mon corps disparaissait dans une fosse ? Creuserais-tu la terre de tes mains ? Me prendrais-tu dans tes bras ? Veillerais-tu sur mon corps comme tu l'as fait avec moi ? Pourrais-tu te passer de mon corps ? Te résoudre à me laisser là me dissoudre ? Oublier jusqu'à mes formes ? Et ma voix, mon rire, mon regard et mon sourire. Il ne me resterait plus que l'esprit pour te parler d'entre les morts. Dis-moi que je n'en finis plus de dormir, dis-moi que demain tu seras adossé au balcon comme au premier jour. Il ne neigeait pas ce matin-là, le soleil crépitait dans nos yeux, je ne reposais pas sur le canapé. Nous étions tous les deux en train de converser avec les fleurs. Que nous murmuraient-elles, ces fleurs ? En voulais-tu vraiment de mes fleurs ? Moi, je t'aurais tout donné, le moindre pétale, mes racines en entier, et le goût de la terre qu'il me faudra avaler. Car je suis comme ceux des fosses, comme tous ceux que l'histoire a ensevelis, l'histoire qui se rappelle à moi. À nous. L'histoire de nos corps qui refusent de se séparer. Ton empreinte d'homme fossilisée dans ma chair. Parce que je te garde en moi. À jamais. Tout est si vivant quand je t'aime.

Une trentaine de détenus était regroupée dans la cour de la prison. L'un d'eux avait appris à Maurizio que le siège du Parti fasciste de San Lorenzo avait été dévasté, mais il ignorait si la population s'était mêlée aux partisans. En revanche, il était sûr qu'un rassemblement de femmes avait investi un moulin dans un quartier du sud de Rome, elles voulaient mettre la main sur le pain réservé aux troupes allemandes, dix d'entre elles avaient été fusillées. Maurizio cligna des yeux, le soleil d'avril était bosselé de nuages, puis il monta à bord d'un car. Assis à l'avant et à l'arrière du véhicule, des soldats allemands aidés de miliciens assuraient la surveillance. Il s'affala près d'une vitre crasseuse, y essuya du revers de sa veste les traces de doigts, tentant d'apercevoir l'étage de la section des femmes.

Lorsque le car démarra, il se demanda quand il reverrait Alba, quand il refranchirait le pont qui réunissait leurs quartiers, quand il gravirait l'escalier qui conduisait à l'appartement. Il ne s'imaginait pas son visage tuméfié, son crâne fendu par l'acier d'un casque, lui-même n'avait pas été torturé, alors pourquoi se serait-on acharné sur une femme ? Non, le visage d'Alba demeurait tel que dans son souvenir, et il ne songeait pas un instant qu'on ait pu violenter son corps, en arracher les vêtements, que d'autres mains que les siennes y aient eu accès. Pourtant Maurizio savait que l'on pouvait exécuter les résistantes qui refusaient de coopérer. Alba avait-elle parlé ? Avait-elle sauvé sa vie ? Cette vie si précieuse, celle qu'ils mèneraient ensemble après la guerre, cette vie à laquelle il se raccrocha en découvrant les paysages vallonnés de Toscane. La plupart de ses compagnons somnolaient, mais lui ne lâchait pas la route des yeux, guettant le panneau à l'entrée des villages dans l'espoir d'y lire le nom de Castiglion Fiorentino, là où était née Alba. Là où ses parents se désespéraient sans nouvelles de leur fille. Le car croisa des colonnes blindées de la Wehrmacht, traversa bien des villages, mais celui d'Alba ne passa pas sur sa route.

Dès son arrivée au camp de Fossoli, Maurizio rejoignit les centaines de Juifs maintenus à l'écart. Il parvint cependant à se faufiler jusqu'au secteur des prisonniers politiques auxquels il demandait inlassablement « quelqu'un connaît-il Alba Pozzoli ? » Un camarade finit par lui répondre qu'une des institutrices de l'école avait été incarcérée à la prison de Coeli. Une nuée d'enfants l'accueillit au seuil de la classe, mais ils ne se poursuivaient pas en riant autour des baraques où les attendaient leurs familles. Maurizio se présenta aussitôt à l'institutrice. À l'évocation d'Alba, son visage s'assombrit.

« J'étais dans la cellule voisine, affirma-t-elle. Elle n'est restée qu'un jour… Ils l'ont tellement frappée qu'elle est tombée dans le coma. Je sais seulement qu'elle a été transférée à l'hôpital. »

La stupeur le pétrifia. Alba n'avait pas parlé. Elle n'avait pas épargné sa vie.

« Elle va s'en sortir, marmonna-t-il, elle va s'en sortir…

— Tu dois te montrer aussi courageux qu'elle. Moi non plus je n'ai rien dit, mais ils sont impitoyables avec les membres de *Bandiera Rossa*. »

Maurizio baissa la tête, remercia l'institutrice, se répétant tout en s'éloignant qu'Alba ne pouvait que guérir de ses blessures, qu'elle gagnerait du temps à l'hôpital, que les Américains s'empareraient bientôt du Monte Cassino. Après, ce serait la fin de la guerre. Après, ils ne se quitteraient plus. Grand-père enlace Alba dans son sommeil, *Domani si, domani saremo insieme*. Le lendemain, près de sept cents Juifs furent embarqués pour la gare de Carpi. Même les malades durent s'entasser dans les wagons. Seuls les crédules continuaient d'espérer, mais quand ils reçurent une volée de coups ils comprirent ce que signifiait ce départ. En se hissant dans le dernier wagon, Maurizio pensa à ses parents, peut-être allait-il les retrouver, soulagé de les étreindre, de prendre sa plus petite sœur dans ses bras. Il se tapit dans un coin, les genoux sous le menton, enchevêtré à ses compagnons d'infortune, luttant avec l'institutrice contre la faim et la soif, se soutenant tour à tour, puis, le deuxième jour, elle sombra dans un sommeil si profond qu'elle ne percevait plus ses propres souffrances, ni les plaintes qui s'élevaient continuellement. Lorsque son front glissait de l'épaule de Maurizio, il le replaçait doucement. Alors, sous la lucarne barbelée, il effleurait sa chevelure, démêlait les mèches collées comme s'il se fût agi des boucles d'Alba.

Grand-père a beau se débattre dans sa chambre d'hôpital, au matin du quatrième jour, le convoi s'arrêta plus longtemps qu'à l'ordinaire. Les yeux des déportés roulaient encore dans leurs orbites que l'on décadenassait les serrures. Il dut secouer l'institutrice tant elle était faible, la figure blême, les lèvres desséchées. Ses yeux, comme tous les autres, scrutèrent par les portières grandes ouvertes le puits de lumière dans lequel basculaient les premiers corps. Certains s'y précipitaient pour se débarrasser de l'odeur fétide, quelques-uns hésitaient pourtant à s'extraire du wagon, mais une masse haletante les emportait tous. L'institutrice discerna les corps inanimés, ceux que l'on enjambait, heurtait, piétinait, ceux qui ne se relèveraient pas, des corps recroquevillés que nul ne réclamerait. Horrifiée, elle s'agrippa au bras de Maurizio et se redressa péniblement. Ils chutèrent enfin dans cette lumière, ignorant de quelle terre elle émanait, une terre de malheur tant les morts étaient nombreux. Ils découvrirent un large quai jonché de bagages. Et là, pendant que la brume se dissipait, la lumière se mit à leur frapper la tête, à hurler des ordres, une lumière tachetée d'uniformes verts parmi lesquels s'agitaient de mornes épouvantails au crâne rasé. Des épouvantails affublés de pyjamas rayés. Cette lumière est celle d'un asile de fous, songea

Maurizio, les femmes et les enfants à gauche, les hommes à droite, *fünf zu fünf*, une humanité séparée dans un vacarme, une collision de cris, de hurlements, de pleurs, où tous s'affolaient. Je suis bien chez les fous, se dit-il, tandis que les mains hideuses des épouvantails se saisissaient déjà des valises, et que l'institutrice, à moitié chancelante, se perdait dans la fureur de cette lumière blanche. Les vieillards et les malades demeuraient à sa lisière, assis le long du convoi, hébétés. L'un des déments au regard élimé surgit près de Maurizio. Désignant l'étendue du camp, il vociféra en diverses langues auxquelles nul ne prêta attention. Mais lorsqu'il bredouilla en italien, les hommes se figèrent : « Là-bas, les deux *cheminées* vous attendre. Vous monter avec les flammes. Monter, monter, et vos cendres recrachées dans le ciel. » Il disparut, le dos courbé, la bouche remplie d'invectives qu'il répétait avec force gestes. Maurizio fixa les deux cheminées fumantes, allait-il devenir fou lui aussi ? Puis, comme la file avançait en rang par cinq, il se fondit dans une multitude de pas. Un uniforme surmonté d'une cravache lui demanda son âge et sa profession. Il répondit d'une voix tremblante, *Vent'anni, parrucchiere*. La cravache indiqua un côté. Maurizio s'en alla rejoindre un petit groupe. Tous paraissaient jeunes et valides, mais à mesure que la cravache poursuivait sa sélection, leurs épaules se tassaient, et du silence dans lequel ils s'enfonçaient Maurizio crut entendre le vrombissement des flammes.

J'ai glissé lentement du canapé. Mais c'était comme si on m'avait poussée du wagon. Partout la même lumière blanche qui ruisselle dans mes yeux, se répand sous ma peau et me traverse le corps. Cette lumière ne me hurle pas dessus, ne me frappe pas, ne pratique aucune sélection. Je flotte dans cette lumière parmi les femmes qui se reposent sur l'herbe, j'aimerais effleurer l'écorce des arbres, l'eau de la fontaine vers laquelle courent les enfants. Ils boivent à pleines mains et s'éclaboussent joyeusement. Les mères échangent des sourires calmes et tranquilles, le voyage a été si éprouvant, mais le plus pénible est passé. Un officier SS s'en est excusé avec une grande courtoisie. Elles ont hâte de s'installer dans le camp de famille, ce sera comme à Fossoli, bien qu'elles soient séparées de leur mari. Les hommes doivent travailler, mais peut-être les retrouveront-elles le dimanche. Quel jour est-on ? Mardi ? Mercredi ? Moi, je sais que l'on est vendredi et que pas une seule de ces femmes ne célébrera le *Shabbat*, ne pétrira le pain, n'allumera les bougies. Les enfants jouent en se cachant derrière les arbres. Ne sont-ils pas beaux, ces arbres ? s'exclame l'une d'elles. On dirait presque la forêt de pins avant la plage. Sa voisine ôte son manteau, elle aimerait se baigner, oui, un bon bain après cet interminable voyage. D'un coup, les enfants se précipitent vers leur mère. Elles se lèvent aussitôt à la vue des uniformes qui émergent de la forêt. Ce n'est pas une forêt, juste un petit bois de bouleaux dissimulant le camp de famille. Non, madame, je suis désolé, il n'y a pas de baignoire à votre disposition, mais vous pourrez prendre une douche, dit un uniforme. Et les voilà qui s'effacent au-delà de ce petit bois, confiantes, soulagées, songeant à organiser la vie dans les baraques, à créer une école comme celle de Fossoli. L'institutrice esquisse un sourire blafard, deux femmes la soutiennent tant elle est exténuée. L'uniforme promet qu'un médecin la soignera, non, pas d'hôpital, mais le personnel de l'infirmerie est compétent, elle se rétablira vite. Un véhicule de la Croix-Rouge s'immobilise devant un bâtiment gris et austère. Malgré la présence des gardes, toutes se dénudent rapidement dans le vestiaire, rassurent les enfants empêtrés dans leurs chandails, puis elles suspendent les vêtements à un crochet dont elles mémorisent le numéro. Une soupe leur sera servie après la douche, dépêchons, le repas va refroidir. Elles filent le long du couloir en cachant leurs poitrines, entrent dans la salle humide à peine éclairée. Les portes se referment lourdement. L'institutrice remarque l'absence de fenêtres, sinon ce sont des douches semblables à d'autres, et maintenant elle aussi est pressée de se laver. Les lampes s'éteignent brusquement. Les yeux s'observent comme dans le wagon. Avant que l'effroi ne les saisisse, des granules tombent du plafond. L'institutrice passe la main dans ses cheveux, regarde les cristaux bleu violet disséminés au sol. Les yeux s'en écartent et se mettent à crier tandis qu'elle s'affale dans un vertige. Tous les yeux se bousculent au milieu de la panique, s'agrippent en hurlant, renversent les plus faibles pour se ruer sur la porte. Le sang coule du nez de l'institutrice, elle suffoque sans résistance, fixe l'enfant que sa mère hisse au bout de ses bras afin qu'il respire un filet d'air. Mes paupières se crispent de douleur. Pourtant je ne ressens plus rien. Réveille-moi, mon amour, tiens-moi en entier, soulève-moi dans tes bras que je respire encore. J'ai l'impression de me détacher de mon corps, de voir et d'être chaque chose, d'un de ces cristaux bleu violet jusqu'à cette étoile dans le ciel. Je les connais, ces étoiles, j'ai déjà navigué avec toi parmi elles, nos corps allongés à l'avant du bateau, dans cette profusion de scintillements qui nous caressait de son souffle. Je t'ai dit cette nuit-là que je voulais que ce soit pareil entre nous, perpétuel, continuel, éternel, sans fin. Immortel. Sommes-nous en train de remplir nos yeux d'étoiles, mon amour, ou bien sommes-nous en train de nous séparer ? Peut-on nous arracher l'un à l'autre ? Suis-je les yeux de ces femmes ? Je veux revenir avec toi, me fondre en toi loin de ce cauchemar. Ce délitement de moi. Je te l'ai dit sur le bateau, je ne peux pas vivre sans toi, sans toi je suis perdue, même morte je ne veux pas être séparée de toi. Mon corps s'en ira, mais je veillerai sur toi. Je ne t'empêcherai pas d'aimer une autre femme. La jalousie n'existe pas dans l'au-delà. La jalousie ne concerne que le corps. Mais de mon vivant, je t'en aurais fais passer l'envie.

Blond cendré

Je t'entends encore rire au milieu des étoiles. Tu as un rire céleste, mon amour, un rire comme une résonance. Un rire en plein ciel pour faire redémarrer mon cœur.

Un des fous lut en allemand le renseignement inscrit sur une fiche. Son voisin acquiesça et pointa un porte-plume sur l'avant-bras de Maurizio. Il resta muet devant l'aiguille qui s'enfonça sous sa peau. À chaque piqûre, l'encre imprégnait l'épiderme, laissant apparaître le contour d'un chiffre bleuté. Ce fou-là ne l'était pas davantage que lui, adroit et rapide, les joues pleines, il ne ressemblait pas aux épouvantails croisés sur le quai. D'ailleurs eux non plus n'étaient pas fous, Maurizio l'avait compris après qu'on lui eut tondu le crâne, rasé tout le corps, et qu'il eut pris une douche étonnamment brûlante. Non, il n'était pas fou, bien qu'il dût enfiler comme ses compagnons un de ces pyjamas crasseux, pas fou, même s'il avait l'impression de se voir dans l'alignement de visages blêmes et effarés. Il rabaissa sa manche en découvrant son matricule. Celui qu'il allait devoir montrer promptement lorsqu'on distribuerait le pain et la soupe, son numéro, celui dont il apprendrait jour après jour à reconnaître la sonorité en allemand, ce numéro à la place de son nom, puisque ici, à défaut d'être chez les fous, Maurizio n'en perdrait pas moins tout discernement. Seuls des souvenirs le rattacheraient à son nom. Des souvenirs et le dénuement.

On dispersa les soixante-quinze déportés dans plusieurs baraques avec interdiction de s'allonger ou de s'asseoir sur les lits. Nul n'osa réclamer de l'eau au garde, ni de quoi manger, mais ils s'interrogeaient à mi-voix sur le sort des sept cents personnes que comptait le convoi. Comment pouvaient-ils croire que tous étaient en train de brûler derrière le petit bois de bouleaux ? N'avaient-ils pourtant pas respiré ce pourrissement de chair que déversait la cheminée basse et trapue ? Non, en traversant l'étendue du camp désert, ils n'avaient remarqué que les flammes ronger le bleu du ciel, la fumée noirâtre poussée par le vent au-delà des barbelés. Les ouvriers se demandaient pourquoi cette cheminée n'était pas plus haute, quel genre d'industrie y était implanté. Quelqu'un supposa qu'il s'agissait d'une boulangerie, c'était son métier, et il leur fallait des gens pour cuire le pain. La porte s'ouvrit sur un adjudant SS flanqué d'un détenu qui tenait son calot entre les mains. L'Oberscharführer cracha un flot de paroles :

« Vous êtes à Auschwitz-Birkenau, en quarantaine, mais ça ne vous empêchera pas de travailler, traduisit l'interprète. Vous n'êtes ici que pour travailler, travailler dur, les feignants seront exécutés, pas de feignants au camp. Les meilleurs pourront devenir chefs d'équipe, qui est électricien, soudeur, maçon, ingénieur ? »

Les plus qualifiés sortaient du rang, reprenaient espoir en dépit de la haine que leur manifestait l'adjudant. Les autres baissaient les yeux et regardaient leurs mains. Qu'allaient-ils bien en faire, de leurs mains ? Celles de Maurizio ne savaient manipuler que le rasoir, le peigne et les ciseaux, mais elles protégèrent sa tête des coups de trique lorsqu'on fit sortir les prisonniers de la baraque pour l'appel du soir. Il souffla sur ses doigts endoloris, dissimula un sourire nerveux à la vue d'une fanfare qui s'installait au centre du camp. Les musiciens portaient également la tenue rayée, mais ils ne s'abîmeraient pas les mains en actionnant les cymbales ou la grosse caisse. Le chef d'orchestre leva les siennes dans l'air, puis les premières mesures d'une marche claquèrent aux oreilles de Maurizio. Un autre martèlement grandissant lui fit tourner la tête, les milliers de sabots de la cohorte des détenus franchissaient le portail en rythme, *Ein, Zwei! Links, rechts!* Une sombre et rigide gesticulation de bras et de jambes, comme des pantins de bois. En fin de colonne, il distingua les brancards d'où pendaient des pieds et des mains qui battaient faiblement la cadence, seuls les morts ne remuaient plus aucun membre. Ceux de Maurizio étaient tétanisés par tant d'absurdité. Dans quel monde ai-je échoué ? se lamenta-t-il. Un monde avilissant et abject sur lequel régnaient les officiers SS qui se réjouissaient du spectacle, car c'en était bien un, avec ses règles et sa finalité. Il pensa à sa famille pendant que l'on comptait cette masse hirsute. Ces travailleurs n'excédaient pas quarante ans, tous étaient harassés et gris. Tous étaient confrontés à ce que Maurizio pressentait, tous le redoutaient, mais ils étaient si épuisés que de révolte ne leur restait que la force de racler interminablement leur gamelle de soupe, puis de se pencher sur celle du voisin avec des yeux écrasés. « Mütze ab ! Wegtreten ! » hurla une imposante silhouette, buste cintré dans une veste noire, pantalon et bottes d'équitation. Un personnage de cirque, songea Maurizio, le maître de la piste sur laquelle des milliers d'hommes se dispersaient, le calot à nouveau vissé au front, relâchant leurs torses bombés en se traînant vers les baraques. Un cirque, se répéta-t-il, sans jongleurs, ni trapézistes, que des rangées de clowns lunaires et tristes dont chaque apparition relançait aux premières loges les mêmes rires sadiques.

Wegtreten... *Wegtreten*..., marmonne grand-père dans son sommeil. Mais ses jambes refusent de se dissoudre au milieu de la piste, il a beau les agiter en tous sens, il se tient immobile et fixe les flammes qui jaillissent de la *cheminée*. Il se réveille en sueur dans l'obscurité de la chambre, les muscles raidis, haletant avec peine, *l'incendie, le feu est revenu, je dois partir*... Il demeure prostré sur le lit dans un gargouillis de mots, puis son regard inerte se pose sur son téléphone portable. Chaque semaine, il m'appelle à n'importe quelle heure du jour ou de la nuit. Mais je n'ai pas entendu la sonnerie. Juste la vibration des ondes dans mon cerveau. Grand-père aussi perçoit des ondes, si seulement on pouvait se parler par la pensée. Il écoute ma voix sur la messagerie, raccroche d'un doigt tremblant, remonte le drap jusqu'au menton. Puis il s'enroula dans la couverture pouilleuse et toutes les lumières s'éteignirent au fond de ses yeux. Un pied frôla son visage, il sentit un dos saillant se coller au sien. Des ronflements s'élevaient dans la baraque, des claquements de lèvres, des remuements de mâchoires.

« Tu sais à quoi ils rêvent ? lui chuchota son compagnon de couchette à l'accent hongrois.

— Non, répondit Maurizio.

— Ils rêvent qu'ils mangent, toi aussi tu rêveras bientôt que tu manges, mais si tu as une dent en or, je peux te l'échanger contre des rations de pain et de soupe, je connais bien le dentiste. Et si tu en as plusieurs, je pourrais peut-être te trouver un bon travail. »

Maurizio n'avait aucune dent en or, et même s'il en avait eu une, jamais il n'aurait accepté qu'on la lui arrache pour un morceau de pain. D'ailleurs il n'avait pas faim, pas sommeil, revoyait l'interminable colonne des inaptes au travail avancer silencieusement vers le camp.

« Où sont les autres ? murmura-t-il avec anxiété.

— Morts, tous morts dès leur arrivée. »

Il serra les mâchoires pour ne plus entendre ses dents grincer, puis il finit par demander dans un tressaillement :

« Et des anciens, il y en a ?

— Des médecins, des tailleurs, des musiciens, des cuisiniers, que des privilégiés qui ont su se débrouiller. Les autres on les a gazés, brûlés dans les fours, et toi aussi tu *sortiras par la cheminée* si tu ne manges pas. Ici, au *Lager*, on ne tient pas trois mois avec sa ration. Alors, combien de dents en or as-tu ? »

Maurizio étouffa un cri en se mordant le poing. Comment admettre que son père était trop vieux pour le travail ? Que sa mère ne se serait jamais séparée de ses sœurs ? Il pleura en silence, pourtant sa famille pouvait être en vie, réfugiée dans un monastère, chez des gens valeureux risquant pour eux la prison. La présence du Hongrois le répugnait, son odeur infecte qui s'immisçait en lui. Il tenta en vain de se tasser dans un coin de la couchette. Le Hongrois avait menti, il ne voulait que ses dents, on ne pouvait pas assassiner tout un peuple. Le rabbin les avait néanmoins prévenus « l'existence d'un ghetto signifie que les Juifs n'ont pas le droit de vivre parmi les hommes. Cela dure depuis des siècles, et je redoute le jour où un seul de ces hommes décrétera que plus aucun Juif n'a le droit de vivre ». Maurizio effleura sa peau enflammée par le tatouage. La trace des piqûres s'estomperait dans quelques jours. Alors les numéros se détacheraient nettement. Plus rien ne le différencierait des autres déportés. Il aurait honte de son apparence, de sa saleté, ploierait à son tour sous le poids des charges, et lui aussi s'endormirait comme une misérable loque dans la baraque empuantie. Il finirait par oublier le parfum de jasmin d'Alba, l'odeur enivrante de son corps, ses cuisses qui lui étreignaient le flanc, le creux humide de son ventre où poser sa tête, le rose carmin de ses lèvres s'enflammant de discours patriotiques, la douceur et la détermination de ses yeux gris bleuté, ses éclats de rire dans la baignoire, la chaleur de son souffle pendant l'amour, jusqu'au volettement délicat de sa chevelure blond cendré. Il sut à cet instant qu'Alba était toujours en vie, qu'elle songeait également à lui, du tréfonds d'une cellule, sur un lit d'hôpital, et même plongée dans le coma.

Je n'attends pas le jour comme grand-père. Je n'attends pas que la cloche du camp me réveille, que le garde de nuit allume la lumière sur ce foisonnement de silhouettes efflanquées. La baraque entière s'agite comme si les corps étaient catapultés par autant de ressorts. Tous remettent précipitamment en ordre leur couchette en se répétant, *Bettenbau*, l'unique façon de refaire son lit selon des règles immuables. Mais moi, je ne secoue pas ma couverture, je ne disperse pas des flots de poussière nauséabonde. Non, je ne tousse pas malgré la fumée qui rampe en lambeaux sur le canapé. Il fait si chaud que j'ai envie de me rouler dans la neige, il n'y a pas de poux dans la neige, mais grand-père s'habille à la hâte et se gratte le torse. Un

Kommando est chargé de les épouiller, mais ce n'est pas le jour ni le moment, d'ailleurs l'épouillage ne sert à rien, il n'y a rien d'utile au camp, pas même le *Revier* où l'on ne soigne que ceux qui peuvent guérir. Les autres *sortiront par la cheminée.* L'expression m'a sidérée lorsque grand-père s'est décidé à me raconter, quelques mois avant mon départ, seuls tous les deux sous le lustre du salon. Certains après-midis, le cristal tintait dans l'air, mais les mots râpaient la gorge de grand-père, comme si le langage d'Auschwitz essaimait encore dans sa mémoire, et que des images insensées y remontaient lentement, venant s'échouer par petits morceaux sur le bord calme de sa bouche. Dans le *Block*, celle du *kapo* hurle aux prisonniers : « Alles Raus ! Los ! Schnell ! Verfluchte Hund ! » Les ressorts se brisent tant ils se ruent sur la porte, courent à moitié nus vers les latrines, sinon ils risquent de rater la distribution du pain, une minuscule tranche de pain gris dans la main. Hier encore, j'ai donné ce bout de pain aux oiseaux. Il le picorait dans la neige avant de s'envoler d'un battement d'ailes. Moi aussi, je peux m'envoler tout en haut, regarder la neige sur mon balcon jusqu'à la perdre de vue. Mais toi, tu ne sais pas voler, tu m'attends sur le balcon en me lançant des poignées de neige dont les gouttelettes mouillent mes yeux. Laisse-moi faire un petit tour, juste un petit tour dans le ciel, après je viendrai me poser à côté de toi. J'enlèverai toutes mes plumes et je me roulerai dans la neige. Viens avec moi, mon amour, viens te rouler dans la neige. Tu n'auras pas froid parce que mon corps embrase toute cette neige. Je te maintiendrai entre mes jambes et tu t'enfonceras en moi comme un fragment de glace. Parce que je veux que rien de nous deux ne se rompe. Parce que c'est toi qui m'apaises. Toi qui écoutes les gémissements de mon esprit. Parce que je ne vois rien d'autre que toi. Ton corps et ton âme. C'est pour ça que tu m'apaises. Que je peux partir tranquille. Il n'y a qu'avec toi que j'ai trouvé la paix du ciel. Alors viens, maintenant, viens au fond de moi sur ce manteau de neige. N'est-il pas si doux ? Si brûlant ? Et même quand tu couleras dans ma chaleur, que nous fondrons sur cette neige, et que nous ne serons plus que des cristaux glacés, le vent nous portera ailleurs. Et tout recommencera. Dans une autre dimension. Je le sais à présent, mon amour, que l'amour est le coma de tout être vivant.

Après l'appel du soir, tous les détenus se précipitaient pour la distribution de la soupe. Debout devant les baraques, ils l'avalaient avec une voracité telle que la plupart en oubliaient de respirer, et s'il y avait eu de la viande, leurs mâchoires en auraient claqué d'impatience, arrachant de gros morceaux ingurgités à la hâte. Maurizio qui mangeait aussi comme un animal ne ressentait plus les brûlures dans sa bouche. Personne ne résistait à l'apparition de la *Dörrgemüse*, humant malgré tout son odeur fade, les gorges déglutissant à l'unisson, cette soupe que toutes les cuillères du camp raclaient jusqu'au métal des gamelles – le cliquetis de la faim. Maurizio avait vite su que sa survie dépendait de cette soupe, et quand il le pouvait, il se plaçait parmi les derniers dans la queue, savourant à l'avance le fond plus épais de la marmite. Il avait également appris les quelques mots d'allemand qui lui permettaient d'éviter les coups de trique, et s'il ne comprenait pas, il répondait invariablement *Jawohl* en ôtant son calot, ne posait pas de questions, travaillait au rythme qu'on lui imposait, guettant le déchirement de la sirène lorsque le soleil s'émiettait dans la poussière. Sur le chemin du retour, Maurizio crachait cette poussière, tout le monde crachait, refusait de soutenir quiconque ne lui étant pas déjà venu en aide. Ses dernières forces le lâchaient sitôt la soupe engloutie. Il s'écroulait enfin sur sa paillasse, la tête contre sa veste gonflée de sa gamelle, de ses godillots et de son pantalon. Car le moindre effet se volait pour une ration de pain.

Mais la faim avait beau le tourmenter, jamais il n'avait rêvé qu'il mangeait. Ses yeux se fermaient avec Alba. Le matin, il se lavait le visage avec elle sous un filet d'eau saumâtre, et elle ne manquait pas de lui souffler son nom quand on hurlait son numéro sur l'*Appelplatz*. Il défilait à côté d'elle devant l'orchestre, des pas de danse martiale où elle l'aidait à lever la jambe plus haut. Puis, une fois le portail franchi, Alba le saluait de la main. Alors la journée commençait, mais à peine la première poutrelle portée à l'épaule, le corps de Maurizio grinçait et tanguait du poids de la charge. Ce corps qui ne lui appartenait plus, que la douleur possédait en entier. « Laufschritt ! » entendait-il après avoir posé la poutrelle sur la pile, alors il devait courir, sans cesse courir, sinon la canne du garde s'abattrait là où l'acier avait meurtri sa chair. Et à mesure que le frottement du bois des sabots rouvrait les plaies de la veille, la soif desséchait la gorge de Maurizio. En contrebas, la fumée du crématoire grêlait le ciel azur de suie, lui rappelant qu'il était voué à se consumer dans ce ciel. Son ventre enflait comme celui d'un poisson mort, et les arêtes de ce poisson saillaient sous sa peau. Il en éprouvait une honte visqueuse, pas vis-à-vis des autres bagnards, ni de lui-même, mais lorsque le soir il retrouvait Alba.

Le *Blockältester* entra dans le dortoir et jeta un regard glacial vers les châlits. Affalé sur sa couchette, Maurizio écouta la voix hargneuse du *Kapo*, un prisonnier de droit commun allemand dont la rondeur des joues n'avait d'égale que sa grossièreté et sa haine. Il comprit que le *Frisör* était *tod*, mort de dysenterie, et que son chef cherchait un nouveau barbier. « Y en avait-il un de bon dans cette baraque empuantie de juifs ? » Maurizio qui ne pensa pas à la facilité de ce travail s'avança dans l'étroit passage, effleura le montant des châlits où l'observaient des yeux éteints, se répétant que, barbier, était son métier, celui que son père lui avait transmis. Enfant ne le rasait-il pas tous les dimanches ? Le *Kapo* le considéra un court instant avec mépris, puis se détourna vers un autre détenu qui sortait de la rangée centrale. D'un signe de la tête, il leur ordonna de le suivre dans sa pièce où l'attendaient ses acolytes, deux Ukrainiens tout aussi ignares et violents. Maurizio remarqua la longue table, les précieuses chaises, et même divers objets de décoration dont il avait fini par oublier l'existence. Mais ce qui retint toute son attention fut la vitrine contenant les articles du barbier.

« Où as-tu travaillé ? » demanda le *Blockältester*.

Un petit Juif polonais au visage jaune et creusé tendit son cou noueux. Ses mains enflées n'échappèrent pas à Maurizio, et il se dit sans aucune compassion que lui seul obtiendrait ce travail.

« J'avais une échoppe à Cracovie. Les clients se déplaçaient de toute la ville pour venir se faire coiffer chez moi, ou simplement la barbe, répondit-il dans un excellent allemand.

— On va voir si tu es aussi compétent que prétentieux ! »

Le Polonais retira les instruments de la vitrine et les posa sur la table. Il pressa le tube de savon duquel jaillit une noisette de crème qui glissa au fond d'un bol, puis il en imprégna le blaireau dûment humecté, jugeant de l'onctuosité de son mélange. Maurizio tressaillit de l'expertise des gestes, peur que ce Polonais aux chevilles anguleuses ne le renvoyât dans son maudit *Kommando* de matériel. Il l'observa déplier le rasoir, vérifier le tranchant de la lame, s'approcher du *Kapo* sans la moindre appréhension. Mais celui-ci désigna l'un des Ukrainiens dont les joues dardaient d'une barbe fournie. Le Polonais y étala la mousse avec soin, puis, d'une extrême agilité, il entreprit de raser l'Ukrainien. Maurizio écoutait la lame rebrousser le poil dans un parfait synchronisme. Et plus il l'écoutait, plus il se répétait qu'il n'était qu'un simple *Häftling* dont les jours étaient comptés. Cet homme avait confiance en ses mains, elles ne tremblaient pas comme Maurizio l'avait escompté, et il en avait déjà fini avec la joue droite lorsque le *Blockältester* lui intima d'accélérer avec l'autre joue, criant à son oreille : « Schneller ! Schneller ! » Le Polonais activa la lame du rasoir avec une rapidité telle que l'Ukrainien en écarquilla les yeux, raide sur sa chaise, le visage figé par les sollicitations de la lame. « Schneller ! » vociférait le *Kapo* dont le front s'empourprait à mesure qu'apparaissaient des portions de peau lisses et luisantes. Maurizio baissa la tête de dépit, courbant l'échine, désespéré par tant d'adresse. Mais il se redressa sur un grognement sourd. La coupure saignait abondamment près de l'oreille et le sang qui sourdait de la mousse coulait en un filet rougeoyant. L'Ukrainien se leva d'un bond pour décrocher sa *Gummi*, frappa le dos du prisonnier et le couvrit d'insultes. Quand il s'effondra sur les genoux, nuque ployée, son tortionnaire la lui brisa d'un coup. « Verfluchte Jude ! » proféra-t-il, écrasant de sa botte la main du Polonais.

« Les juifs *sortent tous d'ici par la cheminée*, ricana le *Kapo*. Et toi, de quoi tu es capable ? »

La remarque n'avait pas échappé à Maurizio, il l'entendait chaque jour dans la bouche même des déportés. Au *Lager* tous parlaient de la *cheminée*.

« J'espère devenir barbier », bredouilla-t-il simplement.

Le *Kapo* lui fit signe de ramasser le rasoir. Maurizio desserra un à un les doigts du Polonais qui semblait le défier du regard. Il essuya le sang de la lame sur une manche de sa veste, songeant que s'il parvenait à en aiguiser davantage le tranchant, il gagnerait en coupe et en vitesse. Il se dirigea vers la vitrine, souleva un linge et découvrit la raquette à affûter. La lame bien à plat sur le cuir, il fit des allers-retours réguliers, veillant à n'exercer aucune pression, comme si le rasage avait déjà débuté, et plus Maurizio affilait la lame, plus il sentait ses doigts engourdis s'éveiller peu à peu. Puis il se dit qu'un excédent de mousse éviterait le risque d'une écorchure. Le corps du Polonais était resté à la porte du dortoir. S'il n'y avait eu cette étrange mollesse du cou, ce positionnement de la tête comme aplatie au sol, on aurait pu croire que cet homme n'était qu'évanoui. Mais pour en avoir vu d'autres, Maurizio savait qu'il était mort et l'idée de cette mort, au lieu de l'apeurer, lui donna de l'assurance, comme si après avoir étalé le savon sur la barbe du second Ukrainien, présentant le rasoir tenu fermement, la vie affluait de nouveau dans sa main. Il commença par raser les parties délicates, d'abord sous le nez, puis le menton, ensuite sous l'oreille, tirant sur la peau afin d'en atténuer la résistance, et, sans attendre les injonctions du *Kapo*, il accéléra le mouvement de la lame du cou jusqu'aux pommettes. Il s'était dit qu'il ne ferait qu'un unique passage, qu'il épouserait la mâchoire sans ralentir la cadence. « Das ist gut, sehr gut », marmonnait le *Blockältester* comme s'il voulait le pousser à l'erreur. Mais sa lame fut prise d'une frénésie telle que l'on ne percevait plus que les incessants crissements. Puis le silence tomba dans la pièce. Maurizio demeurait immobile les yeux rivés au visage de l'Ukrainien. Celui-ci avait beau se masser longuement les joues, aucune trace de sang n'y affleurait, rien, pas un soupçon de mousse, alors il se mit à rire, abattant son poing sur la table, et tous rirent de bon cœur, excepté Maurizio qui n'en avait pas le droit. Pourtant il en aurait également bien ri, car tout cela était grotesque. Lui-même était grotesque. Tout le camp n'était qu'une farce grotesque. « Das ist ein guter Frisör ! » s'exclama le *Kapo*, et les autres répétaient « ja, ein guter Frisör ». Maurizio replia la lame du rasoir, rangea soigneusement chaque ustensile dans la vitrine. *Ein guter Frisör*, murmura-t-il, traînant dehors le Polonais. Les préposés aux cadavres le hisseraient demain sur la charrette pour l'emmener au crématoire. En ce début de juin bouillant, la fumée comme vaporeuse semblait même recouvrir de cendres les vivants. Il s'accroupit un instant à côté du corps. Il eut un bref rire étouffé. Grand-père ignorait que les Alliés étaient entrés dans Rome, mais il riait comme un homme à demi libre. Alors il éprouva une sorte de soulagement obscur, tant pour lui que pour le Polonais. Comment s'appelait-il, ce Polonais ? Il lut le matricule sur le bras décharné. *Si, un buon barbiere*, prononça-t-il après avoir rabattu la manche.

C'est un voisin qui alerte les secours. L'odeur âcre lui a saisi la gorge sur le palier. Une fumée dense s'échappe du bas de ma porte. La sirène se déclenche. Personne dans les couloirs. Personne dans les allées. Pourtant le poste de garde des SS est situé à l'entrée du camp. Il y a bien les impacts de lumière des miradors, mais qui pourrait me voir ramper jusqu'aux barbelés ? Creuser la neige qui fond aussitôt entre mes mains ? Je brûle, mon amour, tout mon corps brûle comme celui des femmes derrière le petit bois de bouleaux. J'entends des explosions. Les Russes ne sont pas loin. Ils vont forcer le portail et me libérer de cet enfer. Grand-père a raison, c'est un cirque, un asile de fous, méthodiquement grotesque et absurde. Les coups résonnent contre les murs, des battements sourds dans ma tête. Ou alors ce sont des rafales de mitraillettes, ou les grognements des chiens, les gardes ont lâché les chiens sur ma trace. Je leur cracherai une lame de feu à la gueule, et eux aussi se rouleront dans la neige en hurlant à la mort. Mais moi, je ne veux pas mourir, mon amour, je ne veux pas *sortir du camp par la cheminée*. Je veux que l'on se retrouve après la guerre. Même si je suis maigre. Même si je pue la chair calcinée. Même si je suis folle de t'aimer autant. Je veux que l'on se retrouve et que tu me fasses un enfant. Mes cheveux repousseront et il n'aura pas peur. De quoi veux-tu qu'il ait peur ? Jamais il n'aura à survivre. Mais je me bats, mon amour, comme grand-père j'ai la chance d'exercer mon métier, moi aussi je suis une *Prominent*, un de ceux qui échapperont peut-être à la *cheminée*. Je fais ce que je sais faire de mieux, je dessine, oui, je dessine des fleurs sur les lettres que mes tortionnaires envoient à leurs femmes. Elles apprécient les jonquilles et les marguerites, et je dessine des kilomètres de fleurs pour ne pas finir fanée.

Malgré les risques encourus, Maurizio était parvenu à trouver du papier. Depuis qu'il était devenu *Frisör*, c'était sa façon de participer à la Résistance, Alba n'avait-elle pas dû transporter dans les rues de Rome des matériaux bien plus dangereux ? Pourtant un simple bout de feuille pouvait le mener à la torture, et s'il ne dénonçait pas ses complices, on le traînerait jusqu'au *mur noir* pour procéder à son exécution. Mais la peur ne l'empêchait pas de se déplacer dans les allées du camp, son larcin caché dans la poche cousue à l'intérieur de sa veste. Il s'était lié avec d'autres *Prominents*, ceux qui, grâce à leurs relations ou en soudoyant d'autres, avaient su accéder à des postes privilégiés. L'un d'eux travaillait à l'administration centrale, lui procurait contre du pain et du tabac, enveloppes, morceaux de cartons d'emballage, et, parfois, une de ces précieuses feuilles destinées aux rapports des SS. Maurizio confiait le butin à son nouveau voisin de couchette, Johan, un Juif hongrois peintre et polyglotte utilisé comme interprète. Certains gardes lui demandaient également d'illustrer des lettres d'anniversaire, ou bien de servir de portraitiste. Le peintre ne se contentait pas de satisfaire ses bourreaux. Grâce au papier volé, il témoignait de l'horreur qui sévissait au *Lager*, ne redoutant pas la pendaison si les nazis découvraient ses agissements. Mourir lui importait peu, seule importait la survie de ses dessins.

« Je ne sais pas comment te remercier », dit-il à Maurizio qui venait de le rejoindre aux latrines.

C'était un dimanche encore rempli de l'effroi du précédent. Ce dimanche-là, les prisonniers ne travaillaient pas l'après-midi, mais la cloche qui les réveillait d'ordinaire bien avant l'aube avait résonné après la distribution de la soupe. « *Blocksperre !* » avait ordonné le *Kapo*, leur signifiant qu'ils devaient rester à l'intérieur de la baraque. Depuis quelques jours tout le camp pressentait l'approche de la *Selektion*, ce dimanche serait peut-être leur dernier. Tous s'entassaient dans des *Blocks* surpeuplés. Tous savaient que les convois se succédaient jour et nuit. Et tous fixaient les flammes du crématoire carboniser le ciel, jusqu'aux nuages terreux au-dessus de leur tête. La veille, ceux qui avaient économisé un quart de pain s'étaient fait raser la barbe par Maurizio, exhibant leur torse cachectique. « Tu peux dormir tranquille, il y a bien pire que toi », mentait-il pour qu'aucun ne perde espoir. Lui aussi cherchait à se réconforter, palpait ses membres aux muscles atones, son long cou rêche, et quand il prenait sa tête entre ses mains, elle lui paraissait comme rétrécie tant son front était bombé. Mais il ne regrettait pas de partager son surplus de pain avec Johan, ni avec la poignée d'Italiens arrivés par le convoi de Fossoli. Les autres étaient morts d'épuisement, de faim, de maladie, ou bien au fil des *Selektions* auxquelles certains se dérobaient en se jetant sur la clôture électrifiée. Maurizio aidait ses amis de son mieux comme l'aurait fait Alba, mais aurait-elle dévoré au détour d'un *Block* ce cube de pain gris qu'il mâchait lentement ? Chaque tranche lui procurait des forces. Chaque tranche lui redonnait confiance. Chaque tranche l'éloignait de la *Selektion*. C'est à ce pain qu'il pensait lorsque nu comme les autres il était passé devant le sous-officier, lui remettant sa fiche, puis qu'il était rentré *Laufschritt* dans la baraque, maintenant ce pas vif et délié. D'un simple regard, le SS décidait de vous éliminer ou de vous épargner jusqu'à la prochaine *Selektion*. Il fallait faire de la place à des centaines d'autres, et en moins de cinq minutes, une baraque de quatre cents détenus était inspectée, un camp de plus de dix mille hommes en quelques heures.

« Montre-moi tes dessins », répondit Maurizio.

Le peintre aussi gardait en mémoire ce dimanche après-midi. Il avait restitué sur le papier volé les hommes condamnés au gazage, ceux qui pendant la seconde où le SS jugeait de leur état, ne marchaient pas assez vite, la tête comme à un défilé, le muscle tendu, ceux dont la peau s'écaillait, le visage et les jambes enflés d'œdèmes. Maurizio examina longuement les croquis. De derrière le *Block* des musiciens montaient les accents baroques exaltés par l'orchestre. Les détenus pouvaient profiter du spectacle en compagnie des SS, besoin d'oublier l'abjection de l'autre, de se croire autant en vie que leurs bourreaux. Peu assistaient aux concerts, ils avaient l'impression de se rendre au travail, de s'infliger encore cette quotidienne humiliation. Regroupés dans un coin du camp, chaque communauté avec les siens, ils commentaient les nouvelles du front, essentiellement celles provenant de l'Est – la percée des Russes en Pologne. Les mélomanes semblaient en douter, oubliaient les souffrances du *Lager* en se prenant à rêver de leur vie d'avant. Ce n'était pas la nostalgie qui les étreignait, la nostalgie les avait quittés depuis qu'ils puaient comme du bétail, mais aucun ne résistait à la mélopée qui s'élevait face à la cheminée trapue. Maurizio préférait écouter Bach à distance, échapper à la surveillance des *Kapos* et aux airs de fête des SS. Certains sous-officiers allaient jusqu'à tromper l'ennui en organisant des matches de boxe entre prisonniers, faisant dresser un ring sur la terre de l'*Appelplatz*. Les cris du public y résonnaient, soldats et détenus encourageaient les boxeurs qui s'affrontaient malgré des différences de poids. Mais seuls les gardes pariaient sur l'issue du combat. Le vainqueur était porté en triomphe par les admirateurs de son *Block*, les bras serrés autour du pain conquis à la force des coups.

« Si tu veux, je peux te dessiner », proposa Johan après que Maurizio eut reposé les croquis.

Il haussa les épaules. Que le peintre esquissât son portrait l'indifférait, il le contemplait chaque jour dans les yeux mornes qui hantaient les allées du camp, et même si ses rations étaient supérieures, s'il ne s'échinait plus au travail, s'il possédait désormais une tenue propre, il n'en était pas moins rongé par la vermine, efflanqué comme un animal de trait.

« Si je te décris un visage, tu serais capable de le dessiner ? répondit-il.

— On peut essayer, on a tout l'après-midi devant nous. »

Maurizio fila en direction des cuisines. Le trafic y était également de mise, rations de soupe et légumes se retrouvaient à la *Bourse* où tout s'échangeait selon des cotations fluctuantes, du fil de fer pour maintenir les cinq boutons de la veste, vêtements, sabots, balais et aiguilles, outils dérobés à l'usine, jusqu'à l'indispensable cuillère. Certains réalisaient de bonnes affaires alors que les malchanceux salivaient devant le pain, bredouilles et affamés. Maurizio traitait avec les Grecs, derniers rescapés de la colonie juive de Salonique, leur sagesse les distinguait de toutes les autres nationalités. Et puis, n'étaient-ils pas comme lui des Méditerranéens ? L'activité de la *Bourse* était prohibée par le règlement, et en dépit des fréquentes interventions des *Kapos*, le troc reprenait dès le lendemain. Une autre connaissance de Maurizio dissimulait sous les pommes de terre du papier d'emballage. Tous ces services, il les devait à ses talents de barbier, car ceux que le travail n'éreintait pas aimaient qu'on les différenciât par leur visage soigneusement rasé. Il s'appliquait aussi à leur couper les cheveux alors qu'il tondait les nouveaux arrivants, et s'il s'agissait d'un Italien, il lui demandait si Rome avait bien été libéré, et comme on lui chuchotait : « Si, da un mese, il quattro giugno », Maurizio ne résistait pas à l'envie de parler d'Alba. Mais comme on lui répondait d'un haussement d'épaules, il passait au suivant après avoir secoué sa tondeuse. Tous les samedis, il taillait à sec la barbe de ses camarades, puis il soignait celle du *Blockältester*, étalant consciencieusement le savon conservé dans la vitrine du *Frisör*. Depuis qu'il excellait dans ses fonctions, il avait réussi à intégrer la baraque des *Prominents*, le *Kapo* y était moins féroce, et si sa litière le rebutait autant que la précédente, il avait néanmoins rencontré Johan.

Maurizio souffla sur la terre pour en débarrasser le kraft, remercia le préposé aux cuisines, puis il sortit en scrutant les nuages sombres et filandreux. Les premières gouttes glissèrent dans le creux de sa nuque et il accéléra le pas dans l'allée. Malgré l'imminence de l'orage, l'orchestre continuait de jouer, mais lorsqu'un grondement de tonnerre roula au-dessus du camp, les instruments se turent dans un lugubre decrescendo. Maurizio défit sa veste afin d'y enrouler le précieux papier que menaçait l'averse diluvienne courbant l'horizon. Devant les latrines, Johan, torse nu, bras écartés et bouche grande ouverte accueillait cette pluie providentielle. Maurizio jeta sa veste à l'entrée et se précipita sous la tiédeur de la pluie. Elle ruisselait sur son corps, cette pluie, lui rappelait l'eau qu'Alba faisait couler sur son visage, la baignoire dans laquelle ils se sentaient comme à l'abri. Il se délecta de cette pluie en la buvant, car si les denrées ne manquaient pas à la *Bourse*, l'eau, elle, restait introuvable, et s'il y en avait eu, tous se la seraient arrachée. La gamelle de Johan débordait à leurs pieds, ils se partagèrent la moindre gorgée de pluie.

« Alors, quel est ce visage que je dois te dessiner ? demanda le peintre.

— Celui d'une fille ! s'exclama Maurizio, tandis que les éclairs craquelaient le ciel.

— Belle au moins ?

— La plus belle ! »

Ils se sourirent sous la pluie battante, chacun observant le sourire de l'autre avec curiosité. Depuis combien de temps n'avaient-ils pas éprouvé une sensation de joie ?

« Il va falloir que tu sois très précis, la forme exacte de son visage…

— Celui d'une héroïne communiste ! le coupa-t-il.

— De son front, poursuivit Johan, qui se prêta au jeu.

— Large et expressif.

— De ses yeux ?

— Des yeux de louve gris bleuté, de longs cils un peu pâles. Son regard est profond et sincère, quand elle te fixe, c'est comme si tu étais déjà dans ses bras », répondit-il, tanguant sous la pluie.

Au milieu des allées, les détenus ôtaient leurs hardes, lapaient cette eau divine que certains récoltaient aussi dans une gamelle. D'autres, paupières closes, semblaient prier le ciel comme si cet orage annonçait la fin du calvaire.

« Et sa bouche, comment est-elle sa bouche ? dit Johan les yeux brillants.

— Tendre et ourlée…, réfléchit-il.

— Et son nez ?

— Court et droit.

— Ses cheveux ? »

Maurizio observa la foudre tomber derrière l'usine, et dans l'onde bleutée de lumière lui apparut la chevelure blond cendré d'Alba. Ou est-ce moi qui la vois, cette chevelure ? On dirait qu'elle ondule dans l'écho de lumière, qu'elle se déploie dans les yeux de grand-père.

« Épais et longs, avec des boucles ! » exulta-t-il.

Ils burent encore jusqu'à ce que leur ventre en fût gonflé, gargouillant comme dans leurs souvenirs d'enfance. Puis, une fois l'orage dissipé, ils offrirent de l'eau au *Scheissmeister*, celui-ci les remercia et fila faire le guet. Ils cherchèrent une place convenable entre les rangées de trous malpropres, aménagés à même le bois des latrines. Maurizio sortit l'enveloppe de sa veste, un crayon à demi usé ainsi qu'un morceau de gomme. Johan posa l'enveloppe sur ses genoux serrés. La peau perlée de pluie, Maurizio ne lâcha plus la pointe du crayon. Et là, dans la pestilence des défécations et le relent des urines, des miasmes du délitement des corps, renaquit la délicatesse amoureuse du visage d'Alba.

Les Russes sont en train de découper le blindage. Le disque de la scie qui mord l'acier vibre dans ma tête. Ont-ils remarqué l'inscription au-dessus de la porte ? *Arbeit macht frei.* Savent-ils au moins ce qui se passe ici ? Tout au plus des rumeurs colportées par les oiseaux qui ont fui le camp. Les oiseaux ne volent pas au milieu des cendres. Ils ont fui les nappes de suie qui se collaient à leurs ailes. Ils ont fui l'horreur en poussant des cris de détresse. Pourtant je les entends piailler de faim sur le balcon. Me reste-t-il encore du pain ? Grand-père me donnerait-il de son pain ? Peut-être les Russes qui se précipitent à l'intérieur. Le faisceau des torches perce les rouleaux de fumée qui se brisent contre les murs. Des chaises tombent au sol, une plante vacille puis s'effondre dans l'air tuméfié. Moi aussi, je suis à terre, mon amour, au pied du canapé rongé de flammes minuscules. La porte-fenêtre éclate sous les coups de hache. Un flot de vent neigeux souffle sur mon visage. Me traverse le corps. Le soldat m'arrache comme une fleur grise et noire, il porte un casque argenté sur lequel ne se détache aucune étoile rouge. *Arbeit macht nicht frei*, me dit-il en guettant une réaction. Alors qu'est-ce qui nous rend *libre*, mon amour ? *Arbeit macht nicht frei*, répète-t-il. Dis-lui toi que seul l'amour nous rend *libre*. Dis-lui toi que je t'aime, parce que moi je ne peux plus. Le soldat m'extrait de l'appartement, se précipite dans l'escalier qu'il dévale jusqu'à l'étage inférieur. Il m'allonge sur une couverture tandis qu'on plaque un masque à oxygène sur ma bouche et mon nez. Mais je n'inspire que de la fumée et n'expire que des flots de neige. On dénude mon torse pour brancher mon cœur. Tous ont l'œil rivé au moniteur. J'aimerais qu'il oscille, hagard, squelettique, dans un mouvement imperceptible.

Pendant la journée où les détenus s'éreintaient sur les chantiers, le *Frauenblock* demeurait désert. Les prostituées se regroupaient dans la pièce d'accueil et bavardaient en attendant que l'orchestre annonce le retour des hommes. La caisse était tenue par un prisonnier politique allemand qui recevait les *bons-prime* des travailleurs méritants. Maurizio lui adressa quelques mots tandis qu'une fille aux fins sourcils prénommée Petra s'était déjà levée. Le choix se faisait parmi la dizaine de femmes provenant du camp de Ravensbrück. Elles y avaient été incarcérées pour prostitution, lesbianisme, ou tous autres motifs les classant par les SS dans la catégorie des asociales. Toutes se disaient volontaires, car après un semestre de besogne, on leur promettait la liberté. Petra qui avait officié dans une maison berlinoise ne se déplaisait pas dans ce *Block*, la nourriture et les conditions de vie y étaient bien meilleures qu'à Ravensbrück. Mais d'autres, manifestement dupées, subissaient des viols quotidiens, c'est du moins ce qu'il avait pu comprendre de la bouche d'une robuste Polonaise. Celle-ci baissa les yeux lorsqu'elle l'aperçut se diriger vers l'*Arbeitszimmer* attribuée à Petra. La première fois que Maurizio y était entré, il avait été surpris d'y trouver un canapé à la place d'un lit, et à quoi donc servaient cette table et cette chaise ? Les absurdités des bureaucrates nazis ne l'étonnaient plus. Il avait également remarqué le lavabo, s'était demandé s'il fonctionnait, si de l'eau salubre coulait vraiment du robinet. Il n'avait jamais posé la question.

« Comment vas-tu ? dit-elle en s'asseyant sur la chaise.

— Bien… », murmura-t-il intimidé.

Elle ouvrit le tiroir de la table, sortit un peigne en nacre ainsi qu'une petite paire de ciseaux dorés. Maurizio se doutait de leur provenance, ces objets ne pouvaient avoir été dérobés qu'au *Kanada*, là où s'entassaient des montagnes de vêtements et d'effets personnels pris aux déportés. Il glissa le pouce et l'auriculaire entre les anneaux des manches courbés, apprécia le soyeux du métal, puis il se pencha sur la nuque de Petra. Elle était coiffée à la « garçonne », et chaque semaine, comme avec Alba, il lui coupait les pointes. Il n'avait pas cherché à savoir comment elle s'était procuré ce peigne et ces ciseaux, ni de quelle façon elle soudoyait le responsable du *Frauenblock* pour disposer d'un coiffeur. Il savait seulement que le préposé à la caisse qui dormait au-dessus de lui, l'avait questionné un matin de juillet, « kannst du die Haare der Frauen schneiden ? » répétait celui-ci en mimant le mouvement des ciseaux autour de son crâne, puis la forme généreuse d'une poitrine. Maurizio avait hésité à répondre, car de fait, il n'avait jamais coiffé de femme au salon. Mais la perspective du pain et du flacon de schnaps était tentante. Il pourrait les échanger contre des sabots fourrés de laine en prévision de l'hiver, du savon à barbe qu'il offrirait au *Blockältester*, et une culotte propre puisqu'il n'y avait rien pour s'essuyer aux latrines. Il certifia en avoir l'habitude bien qu'ignorant à quel genre de femme il allait devoir couper les cheveux.

« J'ai déjà fait la moitié de mon temps, dit Petra. Je t'aime bien tu sais, mais tu pues tellement… Je penserai à toi le jour où je me prélasserai dans un bain mousseux. Enfin, s'il reste encore une baignoire intacte à Berlin », conclut-elle d'un sourire désabusé.

Maurizio acquiesça à ses propos, moins parce qu'il en avait saisi le sens que par habitude. Il croisa le regard du surveillant qui faisait des allées et venues dans le couloir, jetant un œil par la porte grande ouverte. Lorsque Petra se trouvait avec un client, le garde les observait par le judas, car seule la position couchée était autorisée, et pas plus de vingt minutes. Maurizio n'éprouvait aucune envie de profiter de l'une de ces filles, mais il lui était agréable de prendre soin des cheveux de Petra. De toute façon, le *Frauenblock* était interdit aux Juifs et aux Russes, réservé aux travailleurs aryens récompensés en *bons-prime*. Cependant, quelques SS transgressaient le règlement, les poches remplies de cadeaux.

« Toi aussi, tu sortiras vivant d'ici, affirma-t-elle alors que Maurizio venait de poser les ustensiles sur la table. Et si un jour tu viens à Berlin, tu seras mon invité. Foutue guerre », ajouta-t-elle, s'emparant d'un miroir de poche caché au fond du tiroir de la table.

Elle contempla son reflet avec satisfaction, puis tendit la glace à Maurizio qui s'en écarta aussitôt. Voir son visage le répugnait, c'eût été comme se soumettre à sa déchéance. De Petra, il n'acceptait que les tartines de pain débordant de margarine. Elle lui en trancha une en menus morceaux qu'il engloutit entre les passages du surveillant. Parfois, apparaissaient deux rondelles de saucisson que Maurizio laissait fondre dans sa bouche pendant qu'elle lui coupait les ongles, car il avait montré à Petra comment il s'y employait avec les dents. Ceux des pieds, avait-il tenté de lui expliquer, étaient plus commodes, s'usant chaque jour au contact des sabots.

« Merci, dit-il, mastiquant debout une bouchée de pain.

— Fais attention à toi, recommanda-t-elle. Les Russes seront bientôt là. Ce sera la fin de ton calvaire, et le début du mien… *Hast du verstanden ?*

— *Ja, die Russen bald da. Die Russen.* »

Par la fenêtre entrebâillée, ils entendirent les musiciens accorder leurs instruments.

« *Die deutschen Soldaten bald alle kaputt*, murmura-t-il.

— *Und Deutschland auch.* »

Oui, l'Allemagne aussi sera anéantie, songea-t-il en rejoignant Johan parmi les détenus rassemblés sur la place au son de l'orchestre. Anéantie, se répéta-t-il, et les cadavres des SS peupleront le sol, les corbeaux boiront leur sang, déchiquetteront leur chair comme les nazis réduisent la nôtre en cendres. Oui, le grand chapiteau s'effondrera sur le Reich, et le maître de la piste ne fera plus son entrée dans sa veste noire rutilante. « Mütze auf ! » aboya-t-il, et aussitôt les hommes en rang par dix ôtèrent leur calot, espérant que la mascarade ne s'étirerait pas pendant des heures. Même les morts devaient assurer le spectacle, et gare à ceux qui s'effondraient d'épuisement, si les coups de trique ne les relevaient pas, on les achèverait sans que quiconque ne bouge, colonne après colonne, puis les *Kapos* clameraient au maître de la piste le décompte des prisonniers. Celui-ci se tournerait crânement vers le Kommandoführer pour le lui annoncer, mais jamais il n'utilisait le mot *Häflinge* pour désigner les détenus, les considérant comme des *Stücke*, expression chère aux SS, des milliers de *Stücke*, des *pièces*, de vulgaires *pièces* estampillées d'un numéro, des *pièces* que l'on faisait fondre dans la *cheminée*. Une interminable succession de numéros qui tenaient à peine sur les jambes.

Quelques-unes sortirent des lignes. Johan poussa Maurizio du coude, un officier ordonnait que tous les coiffeurs se mettent à l'écart. Il se dit qu'un important convoi venait d'arriver et qu'il serait privé de soupe. Les autres y pensaient pareillement, il suffisait de voir leurs mines rageuses. Le SS désigna une dizaine d'entre eux, puis ils traversèrent le camp par l'allée principale, deux gardes fermant la marche, fusils en bandoulière, comme s'ils ne craignaient aucune sédition. D'ailleurs les SS se montraient peu, ne s'affichaient que lors d'une exécution, au retour du travail des prisonniers, et à la sélection sur la *Judenrampe*. C'est comme si on se gardait nous-mêmes, se dit Maurizio, et personne ne veut risquer sa vie dans une révolte. Un ancien de l'infirmerie lui avait rapporté que seules des femmes s'étaient soulevées en octobre 1942, mais toutes avaient été massacrées. N'y avait-il donc que des femmes de la trempe d'Alba pour se rebeller ? Le *Prominent* lui avait néanmoins confié que des détenus avaient réussi à s'évader, mais nul ne savait de quelle façon. En revanche, comme Maurizio, il avait vu ceux repris par les SS, comment leurs jambes gigotaient sous la potence.

« Los ! » rugit-on dans son dos.

Il accéléra l'allure, franchit la rampe, tourna brièvement la tête vers les Juifs hongrois entassés le long du quai, croisant le regard de certains et y devinant la même expression effarée qui l'avait saisi quatre mois auparavant. Un épouvantail aux vagues contours humains, voilà ce qu'il était devenu, une marionnette de chiffons rayés que l'on dévisageait comme un phénomène de foire. Un monstre ayant perdu la raison, la parole, sinon il leur aurait crié de se ruer sur les SS, et tant pis pour les femmes, les enfants, les vieillards, puisque tous seraient assassinés dans quelques heures, et que ceux qui avaient encore la force de se battre seraient réduits en esclavage. Assis sur le marchepied de la locomotive, le conducteur buvait au goulot des rasades de vodka, le cerveau ivre des supplications des déportés qui lui avaient réclamé de l'eau durant tout le voyage. Mais de l'eau, il n'en avait pas, juste l'alcool distribué par les fonctionnaires allemands des chemins de fer pour oublier que le train repartirait à vide.

Maurizio baissa les yeux, n'écouta plus que le claquement de ses sabots sur la *Judenrampe*, puis, à mesure qu'il se rapprochait du *Block* des douches et de la désinfection, le ronronnement des tondeuses emplit ses oreilles. Il se voyait déjà en train de saisir son outil pour raser la tête d'un de ces Hongrois, car depuis l'extermination des Juifs polonais l'incessant cortège des convois ne déversait plus qu'eux à la porte du *Lager*. Le premier qui se présenta fit signe qu'il avait soif, et tout en le tondant des pieds à la tête, Maurizio chuchota les mots appris de Johan : « Tu ne dois pas boire l'eau des douches, jamais d'eau, tu peux en mourir, tu dois attendre la soupe pour te désaltérer. » Puis le Hongrois au visage terrorisé demanda où étaient les femmes et les enfants. « Dans une section à part », mentit-il avant de l'écarter d'une main ferme pour laisser la place. Celui-là aussi était torturé par la soif, voulait savoir ce qu'il était advenu des siens, et lorsque l'un des gardes n'était pas en faction dans son dos, Maurizio murmurait les mêmes recommandations, répétait le même mensonge. Leur révéler la vérité risquait de déclencher une mutinerie qu'écraseraient les SS, suivrait alors une enquête, concluant que Maurizio était responsable de l'émeute, ce qui le conduirait inutilement à la potence – tôt ou tard tous ces Hongrois se heurteraient à la réalité. Le bourdonnement des tondeuses les éloignait provisoirement de cette réalité, mais, quand il cessa, les déportés aux crânes pelés remarquèrent le rictus désabusé qui rongeait le visage des coiffeurs, comme si un troupeau d'humains leur était passé entre les mains, du bétail asservi, car au camp n'erraient plus que des animaux domestiques.

Un officier entra dans la pièce et les prisonniers ôtèrent leur calot. Il pointa sa cravache sur trois des coiffeurs, puis désigna l'épaule de Maurizio. À l'extérieur du *Block*, la nuit figeait le camp dans une apparente tranquillité. Seule l'ombre des coiffeurs semblait se faufiler sous le faisceau du projecteur juché en haut des miradors. Celle de Maurizio hésita à se glisser sous la grille les séparant de la section des femmes, il ne voulait pas devoir les raser, il vénérait leur chevelure depuis qu'il avait respiré les boucles d'Alba. Mais le coiffeur qui le suivait le poussa de l'épaule. Ils traversèrent rapidement ce camp silencieux, peut-être Alba dormait-elle dans l'une de ces baraques, peut-être y travaillait-elle comme *Schreiber*, il fallait bien une secrétaire par *Block* pour tenir les registres, se dit-il sur le sentier d'un petit bois de bouleaux. Et qui savait mieux écrire qu'Alba ? Le SS s'arrêta devant un bâtiment en brique. Maurizio leva les yeux sur la cheminée trapue dont la fumée jaillissait dans le tourbillon de lumière des projecteurs.

« Vous travaillerez désormais dans l'équipe de nuit du *Sonderkommando*, le Reich a besoin de main-d'œuvre supplémentaire pour respecter les objectifs, traiter les *pièces* au plus vite », leur martela le SS.

Maurizio se sentit presque soulagé d'être là, car même s'il savait que l'on y brûlait les cadavres, il n'aurait pas à profaner les cheveux des femmes. Alors pourquoi nous, des coiffeurs ? se demanda-t-il en pénétrant aussitôt dans le crématoire. Puis les recrues descendirent un escalier à la hâte. Un remugle infect flottait tout au long du sas menant de la salle de déshabillage à la chambre à gaz. Des détenus patientaient d'un côté du mur, face à d'autres, une canne à la main. Un nazi surgit et ordonna que l'on ouvrît les portes. Maurizio demeura interdit. L'empilement de cadavres s'effondrait dans une avalanche de membres et de chair. Ceux qui possédaient une canne se précipitèrent pour en passer le manche sous une nuque molle et rose, puis chacun tira un corps jusqu'au groupe assigné à Maurizio. Il fut effaré lorsqu'il découvrit la dépouille d'une femme, rien que des femmes et leurs filles aux tresses ornées de rubans. Un *Kapo* lui tendit une paire de forces. Des ciseaux pour tondre les moutons. Mais il ne voulait pas faire de mal à un seul de ces cheveux, des tonnes de cheveux que des ouvrières bobineraient en fils. D'autres les transformeraient en feutre pour fabriquer des pantoufles aux équipages des sous-marins, des bas aux employées du chemin de fer, ou bien en rouleaux de tissus pour confectionner vêtements et couvertures. La pénurie était telle que certains dormaient sur d'épais matelas, ignorant tout de leur contenu. « Arbeit, schnell ! » aboya le *Kapo* en le frappant d'un coup de gourdin aux côtes. Et Maurizio dut s'agenouiller près d'une natte sans vie dans laquelle il trancha avec un reste d'humanité.

Grand-père disait que l'humanité est un soleil qui meurt. Depuis que certains hommes convoitent ce soleil, briller, toujours briller, voir reluire leur visage dans ceux de la foule venue les acclamer, *Sieg Heil!* a-t-elle hurlé dans toutes les langues, *Sieg Heil!* Et l'humanité n'en finit plus de brûler ses ailes au soleil. Un jour, elle redeviendra poussière, et il n'y aura plus que les ténèbres à la place de nos matins. Que des matins semblables à ceux de grand-père. Effondré sur une paillasse, les sacs en toile gonflés de cheveux réapparurent sous ses paupières. Des dizaines de sacs, des centaines de corps traînés vers le monte-charge jusqu'aux fours. Des corps qui *sortaient par la cheminée* dont il percevait le vrombissement, *Sieg Heil!* Mâchoires serrées, grand-père se réveille en haletant, comme s'il redoutait qu'on lui arrache ses dents en or, celles que les nazis convertissaient en lingots. Il se met à crier tandis que des prisonniers pilonnaient les résidus osseux dispersés au-dessus des fosses. Une infirmière entre dans la chambre et lui administre un calmant. Mais chaque soir il se pressait dans l'escalier pour rejoindre son poste de travail, ne quittait jamais le crématoire à l'étage duquel dormaient les hommes du *Sonderkommando*. Il ne respirait plus que la fétidité des corps, les humeurs nauséabondes qui les recouvraient, et même s'il veillait à ne pas les toucher, ses mains saisissaient des poignées de cheveux qu'il profanait malgré lui au rythme des convois. « Tant qu'il y aura des trains, nous resterons en vie, tu comprends Maurizio ? Les trains, c'est notre survie. Ils ne peuvent pas nous tuer tant qu'il y aura des trains ! » lui avait dit un camarade qui le secouait avec exaltation.

Le 5 août 1944, le dernier en provenance de Fossoli arriva à Auschwitz après quatre nuits de voyage. Et parmi les cadavres de femmes que les détenus tiraient avec leur canne, Maurizio reconnut d'entre tous le blond cendré d'Alba. Il en trembla en se heurtant à un visage figé de terreur. Il en trembla en se prosternant, les doigts chancelants, caressant ce visage, la longue cicatrice qui scindait le front, comme si Maurizio ne pouvait admettre qu'il s'agissait bien d'elle. Il fixa les yeux écarquillés. Il ne voulait pas les fermer, se séparer de ce regard où n'affleurait plus aucune trace d'amour. Tout cet amour dont il rêvait depuis des mois, et là il ne voyait plus rien dans les yeux d'Alba, juste le vide qui les séparait. Alors il glissa une main sous sa nuque inerte, amena lentement son corps contre le sien, pressa sa tête contre son épaule, étreignit désespérément Alba, le menton dans la douceur de ses cheveux.

Un coup de botte dans la cuisse lui fit redresser la tête. Le *Kapo* l'observait, hésitait à se servir de sa matraque, se remémorant ce que lui-même avait subi. « Tu as deux minutes, après le travail doit reprendre », dit-il d'une voix acerbe. Pendant que le *Kapo* s'éloignait et se défoulait sur d'autres afin d'oublier sa propre douleur, Maurizio coupa une mèche qu'il dissimula dans la poche intérieure de sa veste. Il déposa un baiser sur les lèvres d'Alba, un baiser sur son cri de détresse, puis, parvenant à se relever, il tituba jusqu'à la chambre à gaz que nettoyaient des prisonniers. De vives exclamations éclatèrent à l'entrée, précédant le *Kapo* qui surgit accompagné d'un SS. L'officier sortit son pistolet de l'étui et appuya le canon sur le front de Maurizio. « Juif, assena-t-il, moi seul peux décider du jour de ta mort, et j'ai encore besoin de toi. » Les doigts de Maurizio se crispèrent sur le manche des ciseaux. Il lui aurait suffi d'armer le bras puis d'enfoncer les lames acérées dans la gorge du SS dont le regard le broyait. Celui-ci l'avait choisi pour son âge car il savait que les jeunes voulaient survivre à n'importe quel prix. Il rengaina son pistolet en ordonnant de poursuivre le travail. Maurizio sentit son bras retomber contre sa jambe, et quand la pointe des ciseaux la lui piqua, il se dit qu'il n'était plus un homme.

Et moi, qui suis-je maintenant ? Même mon propre corps, je le distingue, allongé sur le brancard, inerte comme mon souffle, couvert de cette poussière noire, un linceul charbonneux. Les morts ne sont pas loin, immobiles sous la neige qui s'accroche au toit de l'ambulance. Moi aussi, je devrais m'accrocher, mais à quoi veux-tu que je me retienne ? Je suis si légère, comme si de moi ne subsistait plus que ma conscience. C'est beau, mon amour, la perception de cette conscience. C'est beau de flotter dans le ciel cotonneux de Paris. C'est beau de passer là où j'ai marché avec toi. J'aimerais retraverser tous les ponts de Paris et me rappeler ta main dans la mienne. Mais c'est un autre qui la serre. Son regard est si intense qu'on dirait qu'il me parle avec les yeux. Je n'entends pas les mots de ses yeux. Je ne sens pas son autre main balayer la mèche qui me salit le front. Des cendres, mon amour, rien que des cendres sur mes cheveux cendrés. Il ne sait pas que je les ai coupés avant Noël. Moi non plus je ne sais pas ce qui m'a pris de les couper. Ce tas de mèches blondes à mes pieds. Insensibles et inanimées. J'étais triste et joyeuse à la fois, pas encore prête, mais l'est-on vraiment un jour ? Je fixe les doigts du pompier qui battent sous ma paume à la place de mon cœur. C'est beau un homme attaché à mon cœur. Attache-toi à mon cœur, mon amour, fais-moi voir de quoi tu es capable. Fais-moi voir que rien n'est fini. Fais-moi voir mes rires et mon exubérance. Fais-moi voir l'homme que j'aime. Pourquoi tu dors ? Pourquoi je ne peux pas aller vers toi ? Ce serait si beau de venir t'embrasser. De me coucher contre toi. Tu poserais ta main sur mon cœur et je retrouverais le monde des vivants.

Le SS qui escortait Maurizio l'avait averti que s'il révélait à quiconque les tâches assignées au *Sonderkommando*, il se chargerait lui-même de son exécution. Puis le jeune officier l'avait dévisagé avec curiosité, s'exclamant : « Ce sont tes mains qui t'ont sauvé ! » Le regard vide de toute pensée, Maurizio fixait ses mains sans comprendre comment elles avaient pu l'arracher au crématoire, ses mains en appui dans la lumière éblouissante, ses mains qui semblaient cahoter comme lui le long de la *Lagerstrasse* traversant le camp. Il aurait voulu contempler le ciel azur, mais ses yeux ne supportaient que son ombre, celle espacée des miradors, et, au loin, l'ombre qui délimitait le périmètre du *Frauenblock*. Sans son intervention, lui dit Petra, il n'aurait jamais revu le jour, puis elle rit de l'officier épris de ses charmes, un de ceux affectés au maintien de l'ordre, un Lagerführer, pouffa-t-elle encore, mais sa mission préférée consistait à être rattaché au corps de Petra, à veiller à ce que son corps demeurât en *ordre*. Elle rit de plus belle tandis que Maurizio ne pouvait prononcer un mot, comme étonné qu'elle fût vivante, que ses cheveux eussent poussé en son absence, car depuis un mois il ne faisait que mutiler les cadavres des femmes. Il mangea le pain et les tranches de saucisson, la remercia d'une voix éteinte, puis il prit lentement les ciseaux sur la table, alors, tout en refoulant les images qui l'assaillaient, il coupa habilement les pointes de Petra.

Aucun occupant de son *Block* ne lui posa de questions, *In Auschwitz, gibt es kein Warum*, non, il n'y avait pas de pourquoi au camp, mais tous savaient que Maurizio avait été enfermé au crématoire et que s'il n'était pas *sorti par la cheminée*, c'est qu'il avait dû l'alimenter avec le corps des autres. Cela lui conféra, au-delà du mystère de sa réapparition, un respect teinté de méfiance. Le prisonnier allongé sur sa couchette lui céda aussitôt la place. Il se coucha contre le dos de Johan, murmurant :

« Alba est morte… Je la tenais dans mes bras et elle était morte… Et moi je suis toujours là… J'aurais pu, mais je n'ai pas eu le courage… »

C'était comme si Maurizio lui avait ôté la vie de ses propres mains, ne conservant d'elle qu'une mèche cachée sur son cœur. Johan ressentit tout le désespoir de son ami, l'horreur qu'il avait endurée devant le cadavre d'Alba.

« Mourir ne sert à rien, ici tout le monde finit par mourir, chuchota-t-il. Mais les nazis vont perdre la guerre et ils ne pourront pas tous nous tuer. Ceux qui survivront auront le devoir de raconter les atrocités que nous avons subies. Tu dois rester vivant, et moi aussi je resterai vivant. »

Le dimanche suivant, au fond des latrines, Johan ressuscita les corps enchevêtrés au dos d'une enveloppe. Mais lorsque Maurizio lui confia quel supplice il avait dû infliger aux cheveux des femmes, le peintre marqua un arrêt, l'aviation américaine bombardait l'usine d'Auschwitz, alors un sentiment d'espoir absolu l'agita, jusqu'à la mine de son crayon esquissant l'ineffable. Depuis que Paris avait été libéré et que l'Armée rouge était en passe de reconquérir l'Europe centrale, les alliés pilonnaient la haute Silésie. Tout l'été, les yeux au ciel, les détenus guettèrent ce présage de victoire.

Face au repli des troupes allemandes, les instances du Reich décidèrent de mettre un terme aux exterminations de masse, et à la fin septembre

1944 un des responsables de la Résistance du camp avertit Maurizio que deux cents hommes du *Sonderkommando* d'Auschwitz I avaient été éliminés. Les nazis voulaient supprimer tous les témoins du génocide, les *cheminées* devaient elles aussi disparaître en fumée. L'annonce du massacre se répandit parmi les effectifs des quatre *Sonderkommandos* de Birkenau, soit un peu plus de six cents prisonniers. Ces hommes qui se savaient en sursis apprirent par la Résistance la planification d'une prochaine vague d'exécutions. Au matin du 7 octobre, munis de marteaux et de barres de fer, ils attaquèrent leurs gardes et incendièrent l'un des crématoires. Mais les SS écrasèrent le soulèvement, tuant plus de quatre cents insurgés, enfermant les autres jusqu'à nouvel ordre. Maurizio ne songea pas que le destin l'avait épargné, seules le dominaient la colère et l'impuissance.

« On aurait dû participer à la révolte ! reprocha-t-il à un membre de la Résistance. On les a laissés se faire assassiner ! »

L'homme comprenait son ressentiment, et il répondit presque malgré lui :

« Notre but est de préserver le plus grand nombre de vies. Pour donner une véritable chance à une mutinerie, il est préférable d'attendre que les troupes soviétiques soient à proximité.

— Ou de protéger les vôtres ! Il n'y a pas beaucoup de Juifs chez les politiques », rétorqua Maurizio.

Début novembre, les sabots enfoncés dans une allée boueuse, il scruta le rideau de pluie qui balayait le camp depuis une longue semaine. Il lui sembla alors que l'aspect du ciel avait changé, que ses contours charbonneux se fussent atténués, qu'un gris opaque – presque ordinaire, se surprit-il à penser – se déployât au-dessus de sa tête. Les *cheminées* s'étaient tues. Maurizio sourit puis essuya son visage du revers de sa veste trempée. Le lendemain, pas la moindre fumée ne vint alourdir le ciel. Ni le jour suivant, et encore celui d'après, si bien que l'information circula dans tous les *Blocks, les convois n'arrivent plus, les derniers rescapés des Sonderkommandos démantèlent les crématoires.* Il ne resterait plus que la lente agonie des momies errant aux abords de l'infirmerie, dont certains, le corps nu sous le vent et la pluie, rongeaient Maurizio de culpabilité. Quant à ceux qui rentraient au camp maculés de boue, abandonnant au fond des tranchées d'ultimes forces, il ne lisait dans leurs yeux que les spasmes de l'épuisement. « Si les rouges ne traînent pas trop, tu danseras peut-être pour le Nouvel An à Rome », dit Petra en lui faisant ses adieux. Puis elle lui remit le peigne en nacre et les ciseaux dorés.

Mais la nuit du réveillon seul le sol tremblait des assauts ininterrompus de l'artillerie alliée, et tous se demandaient quand les Soviétiques libéreraient le camp. Maurizio ne tondait plus aucun nouveau déporté, se contentait de raser son *Blockältester*, quelques *Prominents* affectés à l'administration du camp – ceux qui s'entretiendraient avec les Russes. Ce jour-là, ils voulaient faire bonne impression à leur libérateur, pariant quelques pommes de terre sur une date, affirmant que la main du *Frisör* leur porterait chance. Et alors que l'espoir ravivait le moral des détenus, la nervosité gagnait les Allemands, même le maître de la piste ne se pavanait plus sur l'*Appelplatz*, pressentant que le spectacle touchait à sa fin, que ces milliers de *Stücke* allaient redevenir des humains. Du moins ceux qui en sortiraient vivants, car Berlin avait ordonné d'évacuer le camp, de le transformer en cirque itinérant afin de redresser le chapiteau en terre allemande. Les prisonniers croyaient partir comme ils étaient venus, en train, ils avaient toujours vu des trains à Auschwitz. Qui aurait imaginé une marche forcée ? Maurizio non plus ne se sentait pas de marcher, alité par une forte fièvre, la gorge enflammée, un faisceau de rougeurs sur la peau, il n'osait pas quitter sa couchette, peur de croiser à l'infirmerie le Lagerführer qui l'avait extirpé du *Sonderkommando*. Un camarade lui avait rapporté que le SS avait désormais la tâche de traquer les plus faibles qu'il faisait exécuter dans des fosses. Et Maurizio savait qu'il était un témoin à éliminer.

Le 19 janvier, tandis qu'il piétinait depuis un jour avec des dizaines de milliers d'autres sur les routes enneigées de haute Silésie, il se dit que la souffrance et la prostration qui lui avaient été évitées jusque-là, essaimaient dans toutes les cellules de son corps. La sécheresse du froid le dévorait autant que la fièvre, et comme la soif le torturait, Johan, tout en le soutenant, ramassait des poignées de neige sale que Maurizio suçait dans sa main gelée. Il délirait à voix basse, percevait à peine les encouragements du peintre. D'ailleurs il n'écoutait plus que le murmure grandissant de la fontaine, attiré par la cascade de jets scintillante. *Mamma, dammi da bere, dammi da bere*, marmonna-t-il entre ses lèvres bleues. Johan l'empêcha de se diriger droit sur la voiture dans laquelle se restauraient des SS. « Ce n'est pas une fontaine, Maurizio, non, pas une fontaine », dit-il en lui barbouillant le visage de neige. Alors le mirage s'évanouit de ce désert blanc d'où ne résonnait que le claquement des détonations. Un désert jonché de cadavres aussitôt recouverts de neige, transformés par le vent en d'étranges monticules hérissés, parfois, d'un membre rendu comme transparent. Il fallait marcher sans faillir sous peine d'être abattu au milieu des déportés dont les yeux fixaient un instant la précieuse couverture ensanglantée. Nul n'était autorisé à s'en saisir, et tous avaient le corps raidi de froid, prêt à se rompre comme une pellicule de glace. Ceux qui progressaient pieds nus dans la neige semblaient ne plus sentir les coups, s'obstinant à laisser leurs empreintes dans les rangs qui se désagrégeaient le long de la forêt. Les SS étaient si tendus qu'ils scrutaient la plaine aux jumelles, redoutant l'apparition d'un uniforme russe.

Le peintre voulut partager la dernière tranche de pain, redonner assez de forces à son ami pour résister jusqu'au soir. Mais Maurizio avait fermé les yeux, le cou ballottant dans le vide, il dormait malgré ses jambes qui continuaient d'avancer faiblement. Johan s'acharna à le soutenir au mieux, espérant voir à chaque pas surgir de ce bois une colonne de l'Armée rouge, les détenus se ruer enfin sur leurs bourreaux, d'autres courir vers les libérateurs pendant que la mitraille sifflerait autour d'eux. Ou bien ne feraient-ils rien, sinon s'asseoir au bord du chemin, spectraux, hébétés, grelottant dans leurs guenilles rayées, le regard hachuré d'exténuation. Mais les Russes demeuraient invisibles. Les jambes de Maurizio ne suivaient plus celles de Johan. « Réveille-toi, tu dois encore marcher, le suppliait-il, tu dois tenir pour raconter ce que tu as vu là-bas. » Puis il buta contre un tas d'immondices et l'entraîna dans sa chute. Un SS survint en braquant son pistolet. « Aufstehen ! » hurla-t-il. Johan se releva péniblement. Il ne voulait pas que l'on crible ses dessins dissimulés sous sa veste, que les cheveux des femmes disparaissent à jamais dans la neige. Maurizio se sentait bien étendu sur la délicatesse de cette neige, il contemplait le visage des siens, intact et serein, et sa mère lui disait, *Vieni con noi, figlio mio, vieni con noi*. Le SS lui tira une balle dans la nuque.

Je n'ai pas compris que j'étais morte. Même après que mon cœur a cessé de battre. Pourtant les soldats russes n'ont pas forcé ma porte. Ils ne m'ont pas arrachée du camp. Ce sont les pompiers qui m'ont évacuée en ambulance. Un médecin a tout tenté pour me réanimer. Mais c'était comme si mes forces flottaient en apesanteur. Que plus rien de physique n'était relié à ma conscience. Juste une vision du monde au milieu de la neige, mon corps sans vie dans l'ambulance, ce pompier qui refusait de me lâcher la main. Toi aussi, tu n'aurais pas pu détacher tes doigts des miens, comme si je dormais sur le canapé et que tu caressais mes cheveux. Comme si tu écoutais ma respiration. Mon silence. Je ne peux pas te quitter brutalement. Te laisser ce silence. Il est tellement vide mon silence. À perte de vue. Rien que le silence entre toi et moi. Un silence à se taper la tête contre les murs. Mais je n'ai plus de tête, mon amour, plus de bras, plus de jambes. Je suis morte dans cette ambulance et la vie continue de rouler. Les rues défilent blêmes sous la neige. Moi aussi je pâlis dans la neige. Moi aussi je suis tendre et paisible, mais ma mort a été si rapide que je ne veux pas m'en aller. Je veux rester près de mon corps. Être entre lui et toi. On l'a enfermé dans une cellule froide. On l'a séparé du monde des vivants. Grand-père a cru également être séparé des vivants, mais la balle n'a touché aucun des centres vitaux. Elle s'est enfoncée dans la neige et le sang a suivi sa trace. Lorsque grand-père a repris conscience, il pensait pourtant être mort. Il ne sentait pas le froid en rampant vers des grognements sourds, une petite maison blanche, tout était laiteux dans cet univers, jusqu'à sa respiration happée par tant de blancheur. Puis il a glissé en bas d'un talus. Les grognements se sont amplifiés. Des crissements de pas bourdonnaient dans ses oreilles. Grand-père a redressé la tête sur un paysan polonais. Ils se sont observés un moment. L'homme a fini par poser le seau que les cochons convoitaient en s'excitant davantage. Il a porté grand-père sur son dos, l'a allongé sur la grande table en bois et a appelé sa femme.

Puis le paysan est ressorti pour nourrir ses bêtes. Le lendemain, les Russes qui ont libéré le village se sont emparés de la moitié des porcs. Combien de jours un jeune médecin de l'Armée rouge a-t-il soigné grand-père ? Les cochons rôtissaient sur les broches tandis que les paysans offraient de la vodka aux soldats. Grand-père aussi en a bu. Il buvait la clémence du ciel. Il buvait le monde des vivants. Celui des morts ne se remarquait qu'à la morsure au côté droit de sa gorge. Il en a conservé une cicatrice étoilée qu'enfant j'effleurais avec précaution. Quel enfant saurait caresser les miennes ? La moitié de mon corps est couvert de brûlures. La moitié de mon visage. La moitié de mes cheveux. Je ne suis plus qu'une moitié de peau qui se rigidifie dans la légèreté de la neige. Ne viens pas me voir, mon amour, ne soulève pas le drap, ne regarde pas cette moitié qui s'achève. Ou alors, si tu le fais, si tu oses me chercher sous les cendres grises, que tes yeux me reconnaissent, alors, même si c'est absurde, dis-moi que je suis belle.

Maurizio se sentait nu dans le regard des vivants. Nu lorsqu'il avait donné à la femme du paysan polonais le peigne en nacre et les ciseaux dorés. Nu au côté des millions de réfugiés sur les routes de l'Europe scarifiée. Nu en se reposant dans les camps de transit. Nu en poussant la porte de sa maison. Nu face à la poupée que sa plus jeune sœur avait oubliée sur la table. Un cadavre de porcelaine dont les yeux le perçaient de l'au-delà. Lui en était revenu, il avait côtoyé la mort pendant près de dix mois, il l'avait traversée jusqu'à sa frontière, et il se demandait pourquoi la mort n'avait pas voulu de lui. Pourquoi l'avait-elle renvoyé parmi les vivants, à ce monde qui le maintenait dans sa nudité, où ses pensées même étaient dépecées de toute chair, de toute dignité, comme si Maurizio errait encore dans le camp. Mais au-dessus du ghetto de Rome ne se dressait aucune *cheminée*. En ce mois de décembre 1945, des nuées d'étourneaux évoluaient dans le ciel, un ballet aux formes imprévisibles duquel avait jailli le corps d'un hippocampe, d'ailleurs on se serait cru en pleine mer tant le bleu du ciel regorgeait de poissons. Maurizio qui n'était rentré que depuis quelques jours les avait suivis jusqu'au pont, fasciné par leur capacité à sans cesse recréer cette étrange et envoûtante chorégraphie, ne les abandonnant que devant l'immeuble d'Alba.

Assis sur la dernière marche de son palier, il avait attendu qu'elle lui ouvre la porte, les yeux rivés au médaillon suspendu à son cou, à la mèche enroulée sous le verre. Il le caressait, ce verre, comme s'il effleurait la propre peau d'Alba, pas la cicatrice sur son front, non, juste une infime partie de sa peau, la plus délicate et la plus aimante. Et quand il fixait le portrait dessiné par Johan, il pouvait alors caresser tout son visage, comme si elle était toujours là, entre ses mains inutiles. Il reposait le cadre sur la table de nuit. Des nuits aussi nues que Maurizio, dépouillées du moindre rêve. Puis les notes véloces des étourneaux fondaient sur l'horizon dès le lever du soleil. Une nouvelle journée commençait durant laquelle il déambulait loin de son quartier. Il ne guettait que les bruissements d'ailes, les arabesques déployées par cette vague qui s'échouait au bord du ciel, un perpétuel ressac dont Maurizio paraissait ne jamais vouloir se lasser, car seuls les oiseaux pouvaient disparaître et réapparaître de ce ciel.

Il ne regagnait la maison de ses parents qu'une fois le dîner pris chez son oncle. Lui avait su protéger les siens de la rafle, il s'en était fallu de peu, avait-il raconté un soir, c'est le boulanger qui l'avait alerté, frappant aux portes des habitations. Toute la famille avait couru au couvent de l'île Tibérine. « Je n'ai pas eu le temps de vous prévenir, les Allemands étaient déjà chez vous, se lamenta-t-il. C'est après la guerre qu'on a su… Plus de mille ont été déportés à Auschwitz, et seulement seize ont survécu… Nous avons pleuré ton père et ta mère, et tes petites sœurs, oui, nous les avons beaucoup pleurés… Mais toi, tu es vivant, avait-il ajouté. Tu es vivant, c'est un grand bonheur. » Maurizio ne comprenait pas la signification de ce bonheur, un sentiment étranger aux revenants, à ceux qui se perdaient dans le ciel des étourneaux. Lorsque les oiseaux s'envolèrent loin de la ville, il annonça :

« Je vais vendre la maison et le salon de coiffure. Trouve-moi un acheteur, son prix sera le mien. »

L'oncle considéra l'absence qui émanait de son visage. Cette perception l'effrayait, mais lui ne voulait pas que son neveu quittât le ghetto, même traumatisé, même si Maurizio n'avait rien révélé des atrocités dont il avait été témoin, comme si malgré la victoire des Alliés il obéissait encore à ses bourreaux.

« Ce n'est pas le bon moment pour vendre, déjà qu'il n'y a pas grand-chose à manger… Et puis pourquoi tu veux vendre ?

— Je vais partir », lâcha-t-il après un temps.

Il s'était déjà rendu au village d'Alba. On lui avait indiqué la maison de l'instituteur. Il avait annoncé aux parents la mort de leur fille. Le père lui avait demandé s'il en était certain, des déportés réapparaissaient chaque jour. « Je l'ai vue de mes propres yeux », murmura Maurizio. La mère s'était mise à sangloter pendant que le père observait celui dont sa fille était amoureuse. Après un silence, il avait répondu qu'Alba était une vraie résistante, qu'elle voulait construire un monde meilleur, et qu'il savait que Maurizio faisait partie de ce monde, il était désolé pour lui. La mère avait proposé du café, puis elle avait sorti de la bibliothèque l'album de famille. Il avait regardé Alba grandir en photos, et plus elle s'y épanouissait, plus il s'était dit qu'il ne la verrait pas vieillir. Alba resterait éternellement jeune, telle que sur la photo prise à la plage, cette photo d'eux retrouvée dès son retour sous une pile de chemises. Alba possédait ce don merveilleux. Pas de cheveux blancs sur le blond cendré.

« Où veux-tu aller ? Notre famille a toujours vécu ici. »

Maurizio avisa la tranche de pain sur la table. Lequel de ses deux cousins s'en emparerait le premier quand leur père couperait le fromage ? Le plus jeune, âgé de moins de quinze ans, n'aurait pas été sélectionné pour le travail, gazé le jour de son arrivée au camp. L'aîné aurait été épargné, mais aurait-il supporté la faim chronique, l'épuisement ?

« Au nord, à Milan ou à Turin.

— Tu veux devenir ouvrier ? »

Maurizio était retourné au salon. Il s'était assis dans l'un des fauteuils, mais c'était comme si chaque chose était désormais inatteignable, même en fermant les yeux, enveloppé dans l'odeur de son enfance. Rien ne le consolait, encore moins le tintement de la clochette. « C'est fermé, avait-il répondu, repliant son rasoir, immobile dans le fauteuil. C'est fermé... » Et malgré tout le remords d'avoir abandonné les siens, il croyait bon fuir à nouveau.

« Non, mais je ne veux plus vivre ici, je ne peux plus... C'est toujours la même vie, et je ne veux plus me souvenir de cette vie-là. »

Son oncle hocha la tête, l'air grave, puis il coupa le fromage. Aucune main ne se tendit vers le morceau de pain.

Le samedi, une épaisse couche de neige camoufle le monde des vivants. Tu balaies la passerelle de ta péniche en regardant la voiture du voisin dont les roues patinent sur le quai. Tu te dis que l'hiver sera long, mais jamais tu n'aurais imaginé que tu le passerais seul, perdu dans tes pensées, perdu avec moi, comme étendu à mes côtés. C'est lorsque tu poses le bol de café encore fumant sur la table, que tu allumes ton téléphone – te demandant si je suis enfin réveillée –, que cette neige coule d'un coup dans ton oreille. Et plus tu écoutes le message, plus tu te sens aspiré par le vide, car après avoir prononcé mon nom et le caractère urgent de son appel, le policier t'a enjoint de le contacter immédiatement. Tu sais que j'étais chez moi hier soir, prête à m'endormir, tu sais qu'il a dû survenir un drame. Tes mains tremblent en composant le numéro, ton visage devient livide, tu sais que tu vas être emporté par la neige. Le policier décroche, tu dois arriver le plus tôt possible au commissariat, mais toi, tu veux que ce policier te révèle ce que tu sais, sinon tu n'iras pas, non, tu veux qu'il te le dise maintenant. Alors il te répond que je suis morte, un incendie, puis il te présente ses condoléances. Mais tu es déjà si loin, mon amour, en pleine chute. Enseveli sous la neige. Elle ne crisse pas, cette neige, elle n'existe pas, tu ne distingues plus rien, tu n'entends plus rien. Tu n'éprouves que la violence de ta chute. Même pétrifié à l'arrière d'un taxi tu n'en finis plus de t'effondrer. Je suis morte, le monde des vivants te le hurle au visage, morte, comment puis-je être morte ? Je t'ai parlé hier soir, je t'ai dit à demain, demain on ira marcher dans la neige. Tu veux que je te parle encore de demain. Tu veux écouter ma voix. Appelle-moi, mon amour, appelle-moi, écoute ma voix sur le répondeur. Ma voix ne peut être morte, tu en as même rêvé, et comme à chaque fois que je te quitte, je t'ai murmuré que je t'aimais. Non, ce n'était pas un rêve, pas une coïncidence, non, cette nuit je suis venue te parler. Je suis une conscience qui ne pense qu'à toi. Ta conscience. Tu crois en elle puisqu'il n'y a qu'elle de vivant au milieu de la neige, à l'accueil du commissariat, qu'elle de vivant dans le bureau du policier. Tu t'assois sur la chaise qu'il t'indique d'un geste embarrassé. Tu t'assois et ta chute s'arrête lorsque tu lui tends ton passeport, que tu lui demandes d'une voix sourde :

— Comment est-elle morte ?

Le policier hoche le menton, je ne suis pas son premier cadavre, mais il n'a jamais su résister à la douleur qui dévaste les proches. Certains la hurlent, cette douleur, d'autres comme toi demeurent prostrés sur leur chaise. Il tourne les pages d'un rapport, parcourt une section puis, tout en la lisant :

— D'après mes confrères qui sont intervenus cette nuit, il s'agirait d'un feu qui serait parti d'une prise multiple située sur l'accoudoir du canapé…

Une prise multiple. Ce bout de plastique fondu.

— Elle a dû surchauffer, poursuit le policier. Ça s'est produit une fois chez moi, mais bon, c'était de jour…

Tu le fixes un instant, te dis qu'aucune femme ne partage sa vie. Un homme qui aime une femme ne surveille pas sa prise multiple. Au mieux, il fait attention au choix de ses vêtements. Ce policier est seul et s'est habillé comme pour sortir un samedi soir. Mais personne ne l'attend, excepté ma photo et ce rapport qu'il suit de près. Il n'ose pas encore te montrer cette photo, mon visage lui paraît si lumineux, oui, quelque chose de solaire auquel il n'est pas insensible.

— Il a dû se produire un important dégagement de chaleur, des matières combustibles se sont enflammées. Parfois, il ne faut presque rien, précise-t-il en redressant la tête, une cigarette suffit... C'est ce qu'il y a de pire, les cigarettes, mais moi, je ne fume pas au lit. Elle fumait votre amie ?

Cet homme est profondément pitoyable, et humain, mais tu te fous de savoir qu'il ne fume que devant la télé, qu'il rêve de vider le cendrier d'une femme endormie sur son canapé.

— Non, pas vraiment... Parfois, le soir, avec moi, mais j'ai arrêté... Elle n'a jamais de cigarettes sur elle...

Le policier ne te fait pas la remarque. Il te sait incapable t'utiliser un autre temps. Le passé viendra, mon amour, mais ma conscience restera dans ton présent.

— L'incendie s'est propagé sur le canapé, là où votre amie se serait endormie, dit-il en baissant aussitôt les yeux sur le rapport. Mais selon les pompiers, il y aurait eu peu de flammes, surtout une très forte émanation de fumée... C'est le monoxyde de carbone qui intoxique les victimes... Mais elles ne s'en rendent pas compte, elles ne souffrent pas.

Respire, mon amour, même si tu me vois inhaler cette fumée, m'asphyxier en plein sommeil, il te faut respirer pour deux maintenant, respire avant de poser une autre question.

— Est-ce qu'elle est brûlée ? finis-tu par articuler.

Le policier se frotte le menton, compulse de nouvelles pages, secoue la tête, s'efforçant de conserver la distance que lui impose sa profession.

— C'est un peu flou, hésite-t-il afin de te préserver. Le médecin qui a tenté de réanimer la victime fait état de brûlures sur le côté droit du corps…

— Des brûlures ?

Vos regards se croisent confusément. On dirait qu'il te réclame ton approbation avant de continuer sa lecture. Vous avez presque la même expression d'impuissance, mais la tienne qui se cramponne à ton visage te maintient en équilibre sur la chaise.

— Oui… Tout le côté droit… Du pied jusqu'au cuir chevelu…

Une vision d'horreur surgit dans tes yeux. Une vision que le policier essaie de repousser en posant ma photo sur le bureau, celle que l'on a découverte dans mon agenda. S'agit-il bien de la victime ? Aucun papier d'identité n'a été retrouvé sur les lieux, juste un nom sous la sonnette. Ta main avance lentement au bord de l'image. C'est toi qui l'as prise cet été sur le bateau, mon visage intact dans la lumière du petit jour. Tu fixes mes yeux, ce sentiment d'amour, l'innocence de mon sourire, tout le bonheur d'être avec l'homme que j'aime. Mais me vois-tu vraiment ? Ne vois-tu pas plutôt que je suis morte ? Le policier te retire la photo, ajoute qu'il va y avoir une enquête pour déterminer les causes exactes du drame. Ce sera assez long, au moins un mois, après il faudra écrire au procureur de la République pour accéder au dossier. Tu n'as pas écouté la dernière phrase. Tu as beau être sur une chaise, le vide t'a de nouveau aspiré.

— À quelle heure est-elle morte ? parviens-tu à prononcer.

Cette fois-ci, le policier a le doigt sur le bon paragraphe.

— Le médecin a constaté le décès à 1 h 30.

Tu te dis que je suis morte bien avant, tu en es persuadé comme si je t'avais soufflé la réponse. Tu insistes sur ce point et le policier te répond que c'est l'heure notée dans le rapport, puis, à ce sujet, il t'informe qu'il va t'auditionner, accélérer ta chute, parce que toutes tes réponses n'évoqueront plus que le passé. Et tu comprends que ce passé sera désormais ton quotidien. Alors, comme si tu refusais l'évidence, tu balbuties après avoir signé la déposition :

— Où est-elle ?

— Le corps est à l'Institut médico-légal. Si la famille vous y autorise, vous pourrez les accompagner.

Le policier te tend une main en te souhaitant bon courage. Tu ne peux pas lui rétorquer que *bon courage* est l'expression française que tu détestes le plus, *bon courage*, comme s'il pouvait en exister un de mauvais, *bon courage*, comme si les gens te déversaient leur propre malheur à la figure. Il est tout visqueux, leur *bon courage*, répugnant de fatalité, il dégouline des bouches, bave, il pue la misère du monde, la charogne, l'apitoiement, la gangrène qui te ronge. D'ailleurs tu ne tiens plus sur tes jambes, tu ne tiens plus à rien, tu restes figé sur le trottoir du commissariat sans savoir où aller. Où pourrais-tu bien aller, mon amour, où pourrais-tu bien aller sans moi ? Tu n'as nulle part où aller parce que partout où tu iras tu seras face à moi. Tu attendras impatiemment nos rencontres. Tu les aimeras follement. Tu me verras dans chaque chose, jusqu'à ces quelques cheveux sur ta brosse. Ton ami sort d'une voiture, traverse la rue, t'entoure de ses bras. Ton corps est si raide qu'il en craquerait de froid. Et ton ami t'enserre de toutes ses forces, peut-être te fait-il presque mal, lui qui s'est marié en juillet, lui qui ne peut se représenter le choc qu'une telle annonce produirait s'il s'agissait de sa femme. Non, il ne se l'imagine pas, il ne s'imagine même pas que je puisse être morte, moi qui ai pris les plus belles photos de son mariage, moi avec qui il a dansé, moi que l'on ne trouve sur aucune des photos, comme si j'étais déjà disparue de ce monde. *Ce n'est pas possible*, murmure-t-il, *ce n'est pas possible*. Et toi, tu te fissures à chaque mot, tu tombes en poussière au milieu de la neige. Elle coule sur ton visage. Elle coule de tes yeux. Ton ami t'emmène à sa voiture, tu lui répètes ce que t'a dit le policier. Il te propose un verre, alors vous buvez tout l'après-midi dans un café de Stalingrad. Puis il t'invite chez lui, mais tu préfères rentrer à la péniche. Tu es soûl lorsque tu t'engages sur la passerelle, et je ne peux pas te soutenir, tu dois tituber seul, tu dois apprendre à tituber en marchant, non, ne pas menacer de t'écrouler devant la porte. Il faut que tu manges, mon amour, il faut que tu manges quelque chose, n'importe quoi de bon et de rapide. Il y a des œufs dans le Frigidaire, prépare-toi des œufs au bacon, comme si c'était le matin et que tu allais me réveiller. Voilà, tu te forces à manger, assis sur le canapé. Tu manges et je te regarde pleurer. Tu peux pleurer, mon amour, tes larmes aussi ont le goût du salé.

Maurizio ressentit la douleur dans sa main. Une douleur comme une lame qui lui transperçait la paume, les doigts cabrés dans l'air, tordus impitoyablement. Parfois cette douleur était si vive qu'il devait en poser les ciseaux. Le nez plongé dans le journal, son client ne remarqua pas la main qui s'était figée au-dessus de sa tête, le mouvement des lames brusquement interrompu dans un ultime crissement. Maurizio avait presque achevé la coupe, s'il n'eût été ces petits cheveux recouvrant le bord de l'oreille, les plus délicats, ceux qui voletaient sous l'action du blaireau. Sa main tremblait trop pour y glisser la pointe effilée des lames, sa main qui ne l'avait jamais trahi au camp, mais depuis qu'il exerçait dans ce salon, elle pouvait lui rappeler à tout moment les atrocités qu'il avait dû commettre pour survivre, comme si cette main contenait une partie de sa mémoire. Cette mémoire qui immobilisait tout en lui, jusqu'à la course agile de ses ciseaux.

Son patron l'observait en silence, lui aussi avait vu des compagnons frappés par les balles allemandes, mais comment concevoir que l'ennemi eût planifié la destruction d'un peuple ? Il avait suivi dans la presse le procès de Nuremberg, et comme Maurizio, il avait été soulagé d'apprendre l'exécution des anciens dignitaires du Reich. Les deux hommes se vouaient une estime réciproque, l'un avait combattu les nazis dans la plaine du Pô, l'autre en avait souffert au point de demeurer inerte, les ciseaux à la main. Pourtant Maurizio ne lui avait rien dit d'Auschwitz, à peine avait-il évoqué l'anéantissement de sa famille.

« Et si tu allais nous chercher deux cafés au bar ? Nous ne l'avons pas encore bu ce matin », dit son patron en s'approchant du fauteuil.

Comme son employé hésitait à remettre les ciseaux dans la poche de sa blouse, il insista d'une voix compréhensive :

« Je vais finir la coupe de Monsieur, va nous chercher les cafés, s'il te plaît, va. »

Maurizio sortit du salon l'air absent, comme si son corps était là et son esprit ailleurs, au bout de ses doigts qu'il remuait péniblement. Cependant, il donnait pleinement satisfaction, ponctuel et travailleur, même si parfois, songea son patron, sa main lui jouait ce drôle de tour. Son seul défaut était son aveuglement dans le communisme, lui se méfiait de Staline, de son internationalisme prolétarien, redoutant que l'Italie devienne le premier État de l'Ouest sous l'emprise des Soviétiques. Certes, il était de gauche, mais une gauche républicaine défendant la souveraineté de la Nation. Il se pencha sur la tête du client qui ne fit aucun commentaire sur ce ballet de coiffeurs. Celui-ci n'avait pas dû souffrir de la guerre, défiler devant le cadavre de Mussolini, un conflit résumé à une simple passation d'uniformes, où était-il lors des bombardements de juillet 1943 ? Presque huit cents morts dans les rues de Turin, davantage de blessés. Et ceux qui comme son employé n'osaient rompre le silence, pas par peur de parler mais parce qu'ils ne le pouvaient pas. Sans doute certains essayaient-ils, prononçaient-ils deux ou trois mots, puis la parole disparaissait, avalée par la *cheminée*.

En traversant la rue, Maurizio se demanda s'il y parviendrait un jour, se libérer de qu'il avait vu, enduré, ce jour-là il remonterait la manche de sa chemise jusqu'au numéro tatoué sur son bras. Peut-être un jour, oui, peut-être trouverait-il le courage de redevenir le *Frisör* de son *Block*. Alors il raconterait comment il s'y était pris pour raser l'Ukrainien, comment il avait dû traîner le corps du Polonais, car il l'avait vaincu, ce Polonais, à moins que ce ne soit l'inverse, Maurizio ne savait plus. Il savait seulement qu'il préférait dissimuler son tatouage, non qu'il en eût honte, mais c'était la marque des revenants et lui qui errait déjà dans cette vie s'opposait à ce que quiconque interrompît son égarement.

Il commanda les cafés et ouvrit l'*Unità*. La politique lui permettait au moins de regagner le monde des vivants, et comme la majorité d'entre eux, il avait voté le 2 juin 1946 en faveur de l'instauration de la République. Les Italiennes à qui on avait octroyé le droit de vote en mars avaient pu participer au scrutin. Maurizio était également arrivé en ville au printemps, adhérant aussitôt au Parti communiste, assistant aux assemblées sans pour autant donner de la voix. Mais il avait l'impression d'écouter celle d'Alba, et cette voix lui disait que c'était la meilleure façon de rester ensemble. D'ailleurs Maurizio lui avait dédié cette victoire au référendum, « À toi, avait-il murmuré dans la chambre louée à son patron. À toi et aux milliers d'autres comme toi qui ont subi la torture, la déportation, à toutes celles qui se sont battues pour l'Italie. Oui, le pays vous doit bien cette victoire. » Il regrettait cependant que la gauche ne domine pas la nouvelle Assemblée, si le monde des morts avait pu s'exprimer, croyait-il, le résultat aurait été différent. Cela n'entamait en rien sa détermination, exaltant la lutte qu'il menait aux côtés d'Alba en vue des premières élections. Sans doute seraient-ils mariés, Maurizio respirerait-il chaque jour ce parfum de jasmin, sans doute l'aurait-elle guéri de ses cauchemars, des scalps dans sa main.

Il plia le journal, prit les deux cafés, rumina encore en retraversant la rue, bien sûr qu'Alba serait devenue sa femme, et ils se seraient aimés comme des revenants, éternellement unis au corps de l'autre pour se sentir en vie, et ils auraient vécu une vie ensemble, sur cette terre, jusqu'à ce que la terre les ensevelisse, jusqu'à la vie d'après, jusqu'à leurs deux consciences, car l'esprit d'Alba, où qu'elle fût, nourrissait sans cesse le sien. Maurizio ne pouvait pas se séparer d'elle, même une fois poussée la porte du salon, les cafés posés sur la caisse. Un client l'attendait, confortablement installé dans le fauteuil. Il observa les cheveux épars, sortit ses ciseaux, en actionna le couinement. Il ne parlait qu'à elle, il ne pouvait pas s'empêcher de parler avec elle, de lui quémander ne serait-ce qu'un signe, n'importe quel signe pour qu'il la sache vivante, simplement cela, vivante. Et lorsque la douleur tétanisait sa main, perçait sa chair, Maurizio ne pensait plus qu'à la boucle blonde sous le verre du médaillon, comme si la mèche d'Alba le crucifiait au milieu des miroirs et des lotions.

Tous dans la famille connaissons l'histoire de ce médaillon. Grand-père qui l'exhibait volontiers à ses petits-enfants nous montrait comment sa main se paralysait dans l'air. « C'était là, dans le creux de ma paume, disait-il, et je ne pouvais même plus bouger un doigt. » Nous fixions sa main qui se tordait sous nos yeux, puis nous examinions la nôtre, horrifiés à l'idée que cette douleur puisse sauter le temps jusqu'à nous. Cette douleur qui vous unit, toi et mon frère, tandis que dans votre étreinte vous ressentez celle de l'autre, cette douleur qui, étrangement, vous rapproche et vous rassure. Elle est votre seul langage puisque chaque mot prononcé dépend d'elle. Vous ne comprenez rien d'autre que cette douleur. Toi et mon frère vous lui appartenez, ne vous adressez qu'à elle, n'exprimez qu'elle à travers moi.

— Je veux la voir, dit-il d'une voix sombre et déterminée.

Toi aussi, tu aimerais me voir dans les bras de mon frère, comme à mon anniversaire en septembre dernier. Me voir dans ceux de ma sœur qui se réjouissait d'être de la fête. Me voir dans les tiens. Je passerais de bras en bras comme si je venais de renaître à l'instant.

— C'est fermé aujourd'hui, murmures-tu. Demain, après le commissariat.

La neige s'entasse contre les hublots de la péniche. Tu regardes mon frère s'asseoir à ma place au milieu du canapé. Oui, il boirait bien une bière, prononce-t-il en percevant ma présence dans ton salon. Tu décapsules les bouteilles et tu lui répètes toutes les informations fournies par le policier, pourtant tu n'as omis aucun détail au téléphone. Tu insistes au sujet de la prise multiple, mon frère te dit que ce n'est pas concevable que je sois morte à cause de ça. Plus tu le dévisages, plus la culpabilité t'oppresse, alors tu finis par rompre le silence :

— J'aurais dû aller chez elle… Je ne me serais pas endormi sur le canapé. J'aurais senti la fumée…

Mon frère t'observe comme s'il était également responsable de ma disparition. Mon frère… Après le départ de notre père, il a été l'homme qui a le plus compté dans ma vie. Mon grand frère, et tout me semblait soudain si petit. Même après mon enfance, même encore maintenant.

— Peut-être que tu aurais pu la sauver, mais peut-être que tu n'aurais rien senti du tout, peut-être que vous seriez allés vous coucher, et vous seriez morts tous les deux…

C'est à cela que tu penses, mon amour, être mort avec moi, être avec moi. Hier, une fois couché, tu t'es blotti peu à peu, un bras autour de mon épaule, l'autre étendu sur l'oreiller. Tu as pris mes mains dans les tiennes et tu les as serrées en cherchant mon odeur. Tu étais tellement ivre que tu l'as retrouvée, mon odeur, au moment où tu épousais les formes de mon corps, où tu écoutais le calme de ma respiration. *Ne t'en va pas*, murmurais-tu, *ne t'en va pas*. Comment avouer à mon frère que nous avons passé la nuit ensemble ? Que tu aimerais passer toutes les autres nuits avec moi.

— J'aurais dû y aller, t'obstines-tu. Je sais que j'aurais dû y aller. Je suis sûr que j'aurais pu empêcher ça…

Mon frère pense exactement la même chose, comme si j'étais toujours la petite sœur qu'il fallait protéger coûte que coûte.

— Non, c'est de ma faute, je n'aurais pas dû la laisser seule, j'aurais dû la convaincre de s'installer en

Italie, elle était trop loin…, dit-il après avoir reposé son verre. Ma sœur, c'était comme un oisillon sur la branche, prête à basculer, et je n'étais pas là…

Un jour je t'ai dit que je mourrai jeune, mais un autre jour je t'ai dit que je vivrai aussi vieux que mon grand-père. Je suis tombée sur le mauvais jour, mon amour, le mauvais jour, et tu n'admets pas que l'on puisse mourir à trente ans, non, tu ne le conçois pas. Personne n'en est responsable, sauf sans doute un peu moi qui aurais dû apprendre à voler de mes propres ailes.

— Je ne sais pas comment je vais faire…, dis-tu d'une voix étranglée.

Mon frère pleure, et c'est la première fois qu'il ose pleurer devant moi. Elles sont si belles ses larmes que je les vois apparaître du fond de ses yeux. Les tiennes aussi brillent, mon amour, et je vous trouve très beaux tous les deux.

— Il faudra que tu vives avec, balbutie-t-il. Que l'on vive tous avec… jusqu'à la fin.

Quand va-t-elle survenir, cette fin ? Combien de temps te faudra-t-il attendre cette fin ? Maintenant tu es prêt à me rejoindre, mais qu'en sera-t-il demain ? Demain, ma sœur te garde contre elle parmi les voyageurs, elle te garde en vie dans ses bras. *C'est un grand malheur*, finit-elle par te chuchoter, *un grand malheur*. Puis elle ajoute comme si elle lisait dans tes pensées, *Mais tu dois vivre parce que ma sœur aimait tellement la vie. Tu dois te marier et avoir des enfants, fonder une famille. Elle l'aurait fait. Elle voulait une famille. Plus tard, elle l'aurait fait.* Tu baisses les yeux, on dirait que ses paroles t'accablent davantage. Ma sœur a toujours été plus forte que moi, plus forte que mon frère qui vous suit dans le hall de l'aéroport, elle a la force de grand-père, la force des survivants. Ma sœur a perdu deux de ses enfants dans un accident de voiture. Elle se débat avec cette douleur depuis quatre ans. Sa fille cadette en a réchappé miraculeusement. Et moi, je suis sa marraine. Son amie, sa confidente, sa tante chérie, et son nouveau deuil. Ma mère n'a pas eu le courage d'entreprendre ce voyage. Elle pense à moi, à vous, à la fatalité, à la cruauté qui s'acharne sur notre famille.

Un client se présenta à l'ouverture. Pouvait-on lui raser la barbe ? Ajoutant qu'il n'y avait plus de vrais barbiers dans le quartier. Comme son patron négociait avec un représentant, Maurizio répondit : « Oui, bien sûr. » L'homme suspendit son chapeau au crochet d'un portemanteau, avisa l'un des fauteuils au cuir gratté par le passage des corps. Maurizio étala lentement le savon à barbe sur les joues dodues et molles, puis le client inclina la tête en arrière, offrant sa gorge à la lame affûtée sur la vieille bande de cuir. Cette barbe était drue et piquante, une de ces barbes délicate à raser de près. Mais la main de Maurizio paraissait bien disposée ce matin-là, recouvrant toute sa dextérité, unie à la lame qui traçait sans faillir d'étroits sillons d'épiderme.

« Tout va comme vous voulez ? demanda le patron après avoir raccompagné le représentant à la porte.

— Oui, il a l'air doué, ce garçon.

— Le meilleur de la ville ! » s'exclama le patron.

Maurizio sourit et appliqua la serviette chaude. Il la pressa doucement sur le visage, les mâchoires arrondies, la bouche goulue, épousa la forme du nez retroussé par lequel l'homme respirait en poussant de sourds grognements. Le sourire de Maurizio se figea d'un coup, comme s'il reconnaissait les traits de ce visage moulé sous le linge. Était-il possible que ce soit lui ? Le visage du milicien qui avait fait irruption à l'aube de ce matin de mars 1944, presque trois années auparavant ? Ce visage qui avait fait disparaître celui d'Alba. Il souleva brusquement la serviette. Le visage porcin grandit dans ses yeux. Et tandis que le client se levait déjà, se massant les joues, Maurizio se dit que c'était lui, il ne pouvait s'agir que de lui, il en était sûr à présent, c'était bien cet homme, se répétait-il avec stupeur. Il le suivit à la caisse, observa son profil à la dérobée, peur que l'ancien milicien ne l'identifie à son tour. Mais celui-ci ne lui prêtait pas particulièrement attention, et combien même l'eût-il fait, comment pouvait-il se remémorer tous ceux arrêtés avant et pendant la guerre ? D'ailleurs il n'avait pas procédé à son audition, mais nul doute qu'il se serait souvenu d'Alba, de ses hurlements, de son crâne fracassé. Il complimenta Maurizio et lui glissa un pourboire dans la poche de sa blouse. Maurizio qui se retenait de trembler tant il était persuadé d'avoir retrouvé le milicien. Il le raccompagna à la porte, lui adressa un long regard, enrageant de le laisser partir, mais il dit à son patron d'une voix atone :

« Je crois qu'il va revenir…

— Tu t'es bien occupé de lui.

— Oui », acquiesça-t-il en fixant ce visage de porc humer la fraîcheur du matin.

Et l'homme qui appréciait de commencer la semaine rasé par une autre main que la sienne revint tous les lundis. Affecté au commissariat situé à quelques rues du salon, Maurizio le saluait d'un *Come sta oggi l'ispettore ?* Le soir, après la fermeture, il allait se poster à proximité de la piazza Cesare Augusto, guettant les allées et venues des policiers. C'est un dimanche bruineux que Maurizio aperçut la silhouette trapue sortir du commissariat. Il savait que nombre de miliciens avaient échappé à la bénigne épuration administrative, mais à lui, il ne lui échapperait pas. Il le fila à distance, le cœur battant, car rien ne lui était plus agréable que de sentir l'élan déterminé de ses jambes, le balancement de ses épaules, les brèves oscillations de ses yeux, comme si la vie affluait de nouveau, et que chaque partie de son corps convergeait vers cet homme. Le brouillard qui roulait mollement vers eux lui fit accélérer le pas. Combien de fois s'était-il perdu dans cette brume, l'appelant de toutes ses forces, enlacé dans ces bras cotonneux, souhaitant ne jamais en émerger ? L'épaisseur du brouillard l'apaisait, non pour s'y dissimuler, car depuis la fin de la guerre, nul ne voulait remarquer la présence d'un revenant. Une transparence qui se mouvait avec froideur, attendait le bon moment pour inoculer ce froid vaporeux à sa proie. Le milicien coupa à travers un parc que les promeneurs, surpris par cette brume, évacuaient en riant. Maurizio parvint dans son dos, les doigts serrés sur le manche du rasoir, ignorant de quelle manière il allait s'y prendre, habité par l'imminence de son geste, la certitude que ce corps choirait au milieu du brouillard. Le regard que l'homme jeta derrière lui s'enfonça en vain dans ce brouillard, mais quand il se retourna il distingua une transparence à la voix sifflante, *Te souviens-tu d'Alba Pozzoli ?* Le milicien eut à peine le temps de glisser une main vers la poche de son manteau que la transparence s'était évanouie, puis, presque aussitôt, il sentit le contact de la lame sur sa gorge, le poids glacial de cette transparence lui pénétrer le dos. Quand il saisit son arme le sang coulait déjà de sa gorge, et il se demanda comment cette lame si douce et légère, cette lame imperceptible, avait bien pu la lui trancher. Le visage de la transparence réapparut en répétant, *Alba Pozzoli*. Il reconnut le barbier du salon. L'image d'un jeune couple flotta alors dans ses yeux porcins. Et Maurizio aussi flotta dans cette image, respira l'odeur de jasmin à la chevelure blond cendré d'Alba. Il demeura immobile lorsqu'une détonation éclata à ses oreilles, lorsque le milicien s'effondra sur les genoux, tirant sur la transparence avalée par la brume. Puis son corps bascula en avant et il s'allongea sur cette transparence.

Cette nuit non plus, tu refuses de me lâcher. Tu veux retrouver la sensation de la veille, me garder dans tes bras jusqu'à ce que le sommeil nous envahisse tous les deux. Ma sœur et mon frère ont eux aussi voulu rester ensemble, partager la même chambre d'amis à l'arrière de la péniche. Elle t'a évoqué notre fratrie, la peine qu'elle a éprouvée le jour où mon frère s'est installé en Italie, puis celui où à mon tour j'ai décidé de tout quitter. Son accent t'a rappelé le mien, cette inquiétude dans la voix tant elle avait eu l'impression de nous voir accomplir le chemin inverse de grand-père. Pourquoi revenir là d'où l'on a fui ? Là où une partie de notre famille a été exterminée ? Puis elle vous a raconté comment il a téléphoné à ma mère dans la nuit de vendredi à samedi, lui répétant qu'il y avait un incendie. À son réveil, il ne se souvenait que de l'incendie, et vous vous êtes raccrochés à cet espoir, oui, si grand-père a entrevu ma fin, c'est que ma mort n'en est pas une, mon esprit est toujours vivant. *Elle est avec nous*, a ajouté ma sœur. Alors tu me serres dans tes bras de peur que je m'en aille, tu voudrais comme grand-père que je t'apparaisse, un instant te suffirait pour être certain que je suis bien vivante dans un autre monde. Peut-être même pourrais-je te parler, mon amour, pourrait-on se parler, mais c'est toi qui me parles et tu n'entends rien de moi. Ma sœur n'a pas résisté au décalage, elle a sombré une fois glissée sous les draps. Les yeux de mon frère sont grands ouverts, lui aussi préférerait me parler, me raconter une histoire que je m'assoupisse enfin. Une histoire de princesse, de prince charmant, et du dragon qui veut les brûler de son souffle. La vie, mon amour, la vie, un dragon qui te réduit en cendres. Tu fixes ce dragon au milieu des flocons qui tourbillonnent dès le matin. Tu n'as dormi qu'une poignée d'heures, et à peine réveillé la douleur te comprime en entier, comme si tu avais sommeillé entre les mâchoires du dragon. Tu grelottes devant la morgue et tu repenses à la prémonition de mon grand-père. Immobile sur son lit d'hôpital, il écoute ma mère lui annoncer ma disparition. Une seule de ses mains remue sur le drap, celle qui jadis contenait sa douleur, puis sa main se crispe dans un effarement. Il ferme les yeux, cherche mon visage dans le monde des morts, puis il soulève ses paupières en balbutiant, *Il faut la ramener, elle doit reposer près de nous*. Et toi, tu aimerais percer le cœur du dragon, qu'il te révèle le secret de la vision de grand-père. Mais le dragon s'efface dans les replis du ciel, la neige recouvre ses empreintes, et tu te dis que ce qui est apparu à grand-père ne peut être une autre coïncidence. Tu pousses la porte sans aller plus loin que l'accueil. Le courage t'a manqué pour accompagner ma sœur et mon frère. Comment pourrais-tu me prendre dans tes bras la nuit et reconnaître mon corps étendu derrière une vitre ? Non, mon amour, tu ne peux pas, non, je suis tellement vivante lorsque je te rejoins dans ton lit. Tu redresses la tête sur ma sœur dont les talons claquent dans le couloir. Elle te murmure alors avec une sorte d'apaisement, *Je l'ai vue, je sais qu'elle est bien là où elle est, que mes deux enfants sont avec elle*. Comme toi, mon frère voudrait en être persuadé, mais ma sœur vous tient par la taille et vous entraîne aussitôt sous le vent neigeux qui gifle vos visages. On dirait une nouvelle famille, trois petits bonshommes de neige plantés dans mes yeux. Trois petits bonshommes de neige dont le cœur gèle à la tombée de la nuit. Mon frère t'avoue qu'on ne leur a présenté que le côté intact de mon visage, étrangement hâlé, comme quand j'étais enfant et que nous allions à la montagne. Cette montagne qu'il a gravie avec moi derrière une vitre. Il ajoute qu'une autopsie va être pratiquée, qu'il ignore quand on leur rendra le corps. Vous restez dans ton bureau en pensant que l'on va m'ouvrir le corps. Ce corps a beau être le mien il n'y a plus rien de moi en lui, pourtant l'idée que l'on puisse l'inciser, en extraire mes organes, cette idée, oui, vous est intolérable. Vous retrouvez ma sœur au salon, et pendant que tu remplis des verres de vin rouge, elle vous dit que même sans mon corps, elle veut organiser une messe à Paris, la ville où j'avais choisi de vivre. Les obsèques auront lieu dans notre pays, ma sœur respectera ma volonté, je serai inhumée auprès de ses enfants. Cela te semble incroyable que j'aie pu exprimer un tel souhait. Étais-je donc à ce point seule et désespérée à un moment de ma vie ?

Après le meurtre de l'inspecteur, Maurizio ne s'était pas débarrassé du rasoir – un cadeau de son père pour ses quinze ans. Il l'avait simplement nettoyé, puis réutilisé au salon dès le lundi, jour où la police turinoise procéda aux arrestations des militants communistes les plus virulents, ceux qui exhortaient les ouvriers à poursuivre les grèves massives paralysant l'industrie. Son patron qui lisait le journal lui annonça l'assassinat de leur client, l'inspecteur avait sans doute été tué à cause de son passé, la police n'abritait-elle pas d'anciens miliciens ? Maurizio acquiesça : « La justice ferait mieux d'enquêter sur la mort de nombreux manifestants », déclara-t-il en replaçant discrètement son rasoir dans le tiroir où il rangeait ses ustensiles.

Il ne regrettait pas son geste, il avait saigné l'inspecteur comme un porc, à l'image de ce qu'il avait été, un porc, rien de plus, d'ailleurs les investigations sombrèrent rapidement dans la violence du climat social.

Les ouvriers protestaient contre les licenciements de syndicalistes, réclamaient de meilleurs salaires, dénonçaient l'inflation galopante qui les maintenait dans la pauvreté. Comment pouvaient-ils se loger décemment, nourrir leur famille ? Le rationnement les affamait, les denrées au marché noir leur étaient inaccessibles. Ils reprochaient à De Gasperi et à son cabinet d'avoir vendu l'Italie aux Américains, eux refusaient de dépendre de leur aide, de ces millions de dollars qui les asservissaient au capitalisme. Alors comment ne pas prendre part à la révolte ? Quand Maurizio fut appréhendé avec d'autres camarades, on l'interrogea sans ménagement sur ses activités politiques, puis on le questionna au sujet de la guerre. Que faisait-il pendant la guerre ? Il répondit crânement avoir été déporté avec la complicité de gens comme eux. On voulut en connaître la raison, avait-il appartenu à l'organisation *Bandiera Rossa* ? « Non, j'étais juif et volontaire ! » s'exclama-t-il. Puis il éclata de rire en pensant que Rudolf Höss avait été pendu au printemps devant un crématoire d'Auschwitz, et comme les deux policiers s'esclaffaient également, il se rua sur l'un d'eux tête baissée, les mains menottées à la chaise qui s'arracha du sol. On l'y plaqua pour le rouer de coups. La guerre paraissait se prolonger, une guerre devenue froide. Loin d'épargner l'Italie, elle la divisait davantage.

Au mois de mai 1947, Maurizio croupissait en prison lorsque communistes et socialistes furent exclus du gouvernement. Le camarade avec lequel il partageait sa cellule était un peintre miséreux, mais celui-ci affirmait que seuls l'art et le marxisme pouvaient contribuer au salut de l'humanité. Sa culture l'impressionnait, sa passion pour la peinture, cette façon qu'il avait d'évoquer la couleur. Maurizio lui relata sa rencontre avec Johan, l'existence de ses dessins, et, pour la première fois, les mots sortirent enfin de sa bouche, ceux qui décrivaient l'abomination du camp, ceux écrits sur son tatouage qu'il exhiba en remontant la manche de sa chemise.

« À Auschwitz il n'y avait qu'une seule couleur, murmura-t-il, celle de la cendre. »

Le peintre le considéra avec émotion, puis lui dit avec douceur :

« Chaque homme a le droit à une couleur, celle de sa liberté, il existe une infinie de couleurs pour chacun d'entre nous. Un jour, tu trouveras la tienne... »

Maurizio retourna au salon et lutta de plus belle. À l'approche des élections, la pression anticommuniste était tangible. Dans les campagnes, le clergé agitait le spectre rouge autant que celui du maillot de bain et du bal, accusant les communistes de vouloir faire de l'Italie une terre de débauche, d'encourager le peuple à blasphémer, à abandonner leur famille, à livrer son âme au diable. Les citadins étaient moins crédules, mais le Coup de Prague heurta les indécis, la Démocratie chrétienne n'était-elle pas l'unique garant des valeurs intrinsèques de la Nation ? Sur l'une des affiches de ce parti, l'épée « Vote chrétien » décapitait les serpents « divorce » et « amour libre ». Le pays vota en masse lors du scrutin législatif d'avril 1948, mais l'implacable propagande contre *i rossi* marqua le recul de la gauche. Les communistes protestèrent en bloc, arguant que les États-Unis avaient financé la victoire de la Démocratie chrétienne. Les syndicalistes orchestrèrent aussitôt une succession de grèves pour s'opposer au plan Marshall, manifestations qui culminèrent à l'été après l'attentat perpétré contre le secrétaire général du PCI. La riposte populaire proclama alors la grève générale, occupation des usines, constitution de milices armées dans les villes industrielles, combats acharnés avec les forces de l'ordre. Maurizio secourait les blessés, abandonnait les morts au pied des barricades, conscient que l'Italie était au bord de la guerre civile. Comme tous les autres camarades, il attendait l'injonction de Togliatti pour se lancer dans une véritable révolution. Cependant, de son lit d'hôpital, le dirigeant du PCI adjura ses partisans à renoncer au soulèvement.

Le pays recouvra le calme, mais pour Maurizio c'était comme si l'Italie avait capitulé. Même le tribunal militaire chargé de juger Herbert Kappler, l'homme responsable de la rafle du ghetto de Rome, venait d'épargner la vie du SS, le condamnant à la prison à perpétuité. L'État semblait déterminé à refermer définitivement la page de la guerre. Quant aux syndicats, ils sortirent affaiblis et divisés de cette longue vague insurrectionnelle. Maurizio savait de par son expérience au camp que l'homme était né pour se résoudre tôt ou tard. Et lui ne voulait pas être confronté à cela, redoutant que le numéro tatoué sur son bras s'étendît au reste de sa vie.

Le jour du 5 août 1948, quatre années après avoir coupé la mèche d'Alba, il se décida pour l'exil. Il fit ses adieux à son patron, puis se rendit à Gênes où il embarqua à bord du *Conte Biancamano*. Appuyé au bastingage, il savoura la sensation d'être enfin nulle part, entre deux mondes, tout près d'Alba, comme si des vagues fendues par l'étrave s'élevait l'écume de son esprit. Cet esprit lui était apparu en rêve au-dessus d'un océan, et cet esprit l'amenait là où on les célébrait encore, où l'on vivait avec eux, là où l'on implorait leur aide. Maurizio fixa la mèche sous le médaillon de verre suspendu à son cou. *Que vais-je faire là-bas ?* demanda-t-il au ciel. Puis son regard se perdit avec les rayons du soleil qui croisaient au milieu des flots, dispersant la brume et révélant à ses yeux une nouvelle forme de vie. Il sentit la présence du rasoir dans la poche de sa veste. Il y glissa une main et jeta le rasoir vers cette lumière. Alors il se jura de célébrer la beauté des femmes.

Grand-père n'a jamais caché l'existence d'Alba. Elle faisait partie de la famille, et si ma grand-mère l'avait acceptée dans notre arbre généalogique, c'est que les racines de cette héroïque Italienne n'entravaient pas les siennes. Alba semblait tout bonnement pourvoir à son bonheur, car grand-père comblait et chérissait sa femme comme aux premiers temps de leur union. Chaque semaine, il l'emmenait danser le tango dont elle était si friande, même âgés, tous deux s'y exerçaient le samedi à l'heure de l'apéritif. Combien de fois les ai-je vus, corps contre corps, tournoyer langoureusement sous le lustre en cristal du salon ? Grand-mère aurait souhaité mourir ainsi, les yeux rivés à ceux de son homme, mais elle sommeillait quand son cœur s'est arrêté dans la nuit, le visage tourné vers les marches de l'église où elle pose au bras de son époux l'après-midi de leur mariage. La photo n'a pas bougé de la table de nuit, mais sur la seconde table est apparue celle où grand-père enlace Alba dans un restaurant de plage. Selon leurs convictions politiques, l'une trônait à droite du lit, l'autre à gauche, veillant ensemble sur grand-père qui s'endormait entre les deux femmes de sa vie. Sans doute suis-je la troisième, moi qui possède comme elles cette chevelure blond cendré. Moi qui suis la seule de la famille à en avoir hérité. Moi qui suis sa préférée et qui l'abandonne à son tour. Voilà à quoi pense grand-père, terrassé sur son lit d'hôpital au moment où tu entres dans l'église, où tu me revois t'y entraîner le jour de Noël. Je me souviens de ton air taquin lorsque je t'ai dit que je désirais me confesser, quel genre de péchés pouvait bien peser sur ma conscience ? *C'est pour être tranquille*, t'ai-je chuchoté. *Tranquille de quoi ?* as-tu répondu. *Je ne sais pas*, ai-je fait en haussant légèrement les épaules. *Tranquille*... Puis j'ai insisté pour rester à l'Office, et comme tu m'aimes par-dessus tout, nous nous sommes assis près d'un pilier. Grand-père et toi avez un problème avec Dieu, mais tu espères aussi que son Esprit soit tout-puissant. Moi, je le sais tout-puissant, au point que je t'ai dit que je voulais me marier devant lui, là, dans cette église. Comme tu as osé me demander avec qui, je t'ai flanqué un bon coup de coude. J'ai dû attendre que tu me serves le champagne sur le pont de la péniche pour t'entendre déclarer, *C'est long un mariage, ça dure toute une vie, mais je ne connais personne d'autre avec qui tenter l'expérience.* Je me suis jetée dans tes bras, oui, je serais ta femme et j'aurais un enfant de toi. Jamais ton regard ne me lâcherait, j'en étais certaine, tu me porterais ici, maintenant et pour toujours. Alors j'ai embrassé de bonheur l'homme que j'aime, mon dernier homme. Celui qui a placé l'appareil sous un hublot. *Nos photos de fiançailles*, t'ai-je dit après avoir appuyé sur le déclencheur manuel. Tu les as montrées à ma sœur et à mon frère. Ils ont souri lorsque, derrière mon loup, je te désigne du doigt, lorsque je te rugis à la figure, lorsque tu t'apprêtes à me mordre le pied, lorsque l'on fait tinter nos coupes en fixant l'objectif. Celle où ma tête est inclinée contre la tienne a ému mon frère. *C'est comme ça que je veux me souvenir d'elle*, a-t-il prononcé, *avec ce visage confiant, l'air enfin apaisé.* Ma sœur en a sélectionné une où je suis seule pour illustrer la couverture du livret de messe. Celui que vous avez posé sur les chaises de l'église. Mon sourire espiègle se détache sur mon visage serein et une douleur immense accable les vôtres. Mâchoires serrées, tes lèvres en frémissent, toi qui n'imaginais pas revenir si tôt dans cette église, les yeux perdus sur les roses blanches au bas de l'autel. Je crois que tu es aussi absent que moi, que tu n'es pas là, mon amour, déjà au fond de ton lit pour m'enlacer. Je crois que tu es aussi fou que moi de m'aimer autant. Je crois en toi et en une vie éternelle. Je crois en ce que je vois, en ce que tu penses, toi qui te dis pendant l'homélie du prêtre que je dois être heureuse de tout ce monde rassemblé. Suis-je seulement heureuse, mon amour ? Suis-je seulement ? Je n'ai pas d'autre choix que d'y croire. Et toi ? Il faut que nous apprenions à vivre séparés l'un de l'autre. Il faut que nous apprenions à renoncer à nos corps. Il faut que nous apprenions à n'être que des esprits. Tu crois aux forces de l'esprit, tu y crois dans ce monde et dans le mien. Tu crois en moi, mon amour, oui, crois en moi. *Gracias a la vida* s'élève entre les voûtes de l'église, je l'ai chantée une fois à la fin d'un repas d'anniversaire, je t'ai dit que cette chanson me ressemblait tant. *Gracias a la vida*, ta famille vous prend dans les bras, des amis se présentent, d'autres exilés dont j'ai croisé le destin, puis, lentement, la foule s'achemine vers les portes. Mon corps est resté dans les mains de la justice. D'un médecin légiste qui sera le dernier à le toucher. Qu'espère-t-il y découvrir ? Il n'y a que toi à en préserver les secrets, *Gracias a la vida*, alors, même si cela te dépasse, peu importe que l'on fouille ma chair. Cette chanson dont tu n'as pas compris les paroles tourne dans ta tête. Il y est question d'un ciel étoilé, et dans cette multitude, de l'homme que j'aime.

Le *Biancamano* déversa une masse hirsute de migrants, des familles entières qui, noyées dans un flot bruyant, une valise à la main, un baluchon sur l'épaule, se bousculaient sur le quai. Du haut de la passerelle, Maurizio contemplait cette humanité grouillante partageant l'espoir d'une vie meilleure. Cette humanité comme affolée par le tumulte que provoquait chaque arrivée, les enfants accrochés à la jupe de leur mère, les appels de ceux qui se perdaient de vue, les hommes baissant les yeux devant les uniformes qui les encadraient à la lisière de cette terre inconnue. Cette humanité vulnérable l'effrayait, lui évoquant celle qui se pressait dans sa mémoire sur la *Judenrampe*. Aucune *cheminée* ne s'élevait pourtant des berges boueuses du Rio de la Plata, ni au-dessus de la ville qui leur ouvrait les bras. Maurizio chassa ses visions et se mêla à la foule, désireux de remplir au plus vite les formalités, impatient de découvrir cette ville qui deviendrait la sienne. Son choix s'était porté sur l'Argentine parce qu'il la savait à moitié italienne, et même s'il avait refusé de rester sous la botte, il voulait ressentir sa présence.

On les guida le long du fleuve vers l'*Hotel de inmigrantes*, un immense bâtiment pouvant accueillir jusqu'à quatre mille de ces migrants, autant de questionnaires à griffonner, et gare à ceux qui épelaient mal leur nom en espagnol, le préposé noterait ce qu'il entendrait, changerait au gré des erreurs leur identité. Maurizio avait appris la prononciation de l'alphabet sur le bateau, quelques rudiments de castillan pour montrer sa bonne volonté, ne voulant pas rater le début de ce nouveau départ. Lors de la visite médicale, torse nu avec d'autres dans un couloir éclairé de fenêtres entrebâillées, il se trouva être le seul homme dont l'avant-bras était tatoué d'un numéro.

« Tu es un rescapé des camps ? demanda le médecin.

— *Si, pero estoy bien de salud…* »

Ce fut la première phrase qu'il prononça dans cette langue, fier de faire sonner les mots dans sa bouche.

« Je vois, constata le médecin après qu'il l'eut ausculté. Sois le bienvenu en Argentine. »

Il tamponna le certificat médical, puis Maurizio descendit d'un pas soulagé au réfectoire, patienta dans la file qui donnait accès à la marmite. Il ne mangea pas cette *sopa de carne* debout dans un tintement de gamelles, mais assis sur l'un des bancs, plongeant sa cuillère dans une assiette creuse, cette soupe lui paraissait savoureuse. Cependant, lorsqu'il s'allongea sur le lit d'un des dortoirs, que la lumière s'éteignit brusquement, l'angoisse l'empêcha de fermer les yeux, comme s'il était retourné au camp, confiné dans son *Block*. Pas moins de trois cents hommes s'entassaient dans cette pièce, une humanité ronflante percée çà et là de geignements. Maurizio se coucha sur le flanc, comme s'il laissait un peu de place à Johan, se demandant s'il avait survécu à la marche, témoigné avec ses dessins afin que tous sachent ce qui pouvait advenir de cette humanité.

Dès l'aube, une fois le café et les tranches de pain servis, il quitta l'*Hotel de inmigrantes*, marcha avec d'autres jusqu'à la Boca. Les maisons en tôle aux couleurs criardes semblaient égayer la pauvreté des habitants, une concentration d'Italiens comme exclus de la ville. Maurizio qui ne voulait pas s'établir dans un autre ghetto se jura que cette *Boca* à moitié dépenaillée ne l'avalerait pas. On lui indiqua la station de bus desservant le centre-ville, à peine dix minutes de trajet pour fuir ce bout d'Italie. Il s'installa à l'avant et sa vie démarra dans un craquement de vitesse.

Du monde, il ne connaissait que Rome et Turin, mais les rues qui s'offraient à lui dévoilaient toutes un aspect aussi familier qu'inédit, comme si cette ville s'était construite sur les ruines de la capitale italienne, ne conservant que l'architecture de certains immeubles et la grandeur des places. Celle où s'arrêta le bus peu après retint son attention, non par son étendue majestueuse, mais parce qu'elle abritait un édifice au fronton duquel il déchiffra, *Banco de la Nación Argentina*. Il descendit avec empressement, admira la hauteur des colonnes qui se détachaient sous ses yeux. Il ne se demanda pas combien de migrants osaient pousser cette porte, lui voulait une banque à la hauteur de son ambition, et celle-ci lui inspirait toute confiance.

L'employé qui l'aida à compléter le document écarquilla les yeux lorsque Maurizio déboutonna sa chemise, faisant apparaître la pochette cousue à son maillot de corps. Il en retira des liasses de lires qu'il posa sur le bureau. L'employé compta les billets puis procéda à leur conversion. En signant le reçu, il se dit que la somme de ces pesos représentait toute la vie de labeur de ses parents, et que même morts, il se devait d'honorer bien plus que leur mémoire, oui, il se devait de la rendre vivante. Maurizio se le promit du haut des marches de cette banque, puis quand il fit l'acquisition d'un costume sobre et élégant. Désormais, il ne porterait plus que ce costume, comme les hommes raffinés qu'il avait vus arpenter les trottoirs. Il désirait être l'un de ces hommes, un de ceux que l'on respectait d'un simple coup d'œil. Il choisit également trois chemises blanches ainsi qu'une fine paire de chaussures. Le vendeur qui était d'origine piémontaise lui indiqua où louer une chambre, puis Maurizio prit la direction de San Telmo, le cœur léger sous son costume. Le bleu encre de l'étoffe lui conférait l'allure d'un jeune marié, le pas allègre, pressé de parcourir les rues auxquelles il était maintenant uni, persuadé qu'au détour d'une d'elles il trouverait ce qu'il était venu chercher à Buenos Aires. Il aimait déjà sa sonorité latine, ce mélange de paroles animées que couvrait à peine le bruit des moteurs. Mais sur cet hémisphère ce truculent chahut lui parvenait de façon plus accentuée, comme amplifié par la traversée de l'Atlantique.

Il eut faim et déjeuna d'un copieux plat de pâtes, les yeux levés sur les voitures qui filaient au loin dans la ville. Elles paraissaient plus rutilantes qu'à Turin, plus massives, pourtant Maurizio reconnut quelques Fiat, mais d'autres berlines s'enorgueillissaient de lignes américaines, autrement plus cossues que celles des Jeep croisées pendant son exode. Il régla l'addition et vérifia le montant des billets, puis il se remit en route, surveillant les panneaux « *Se alquila cuarto* », leur souriant comme s'il s'apprêtait à passer dans l'une de ces chambres sa première nuit de noces. Son instinct, pensait-il, le conduirait à la bonne porte. Il sonna donc à celle d'une habitation à la façade ocre brun, les fenêtres ornées d'un étroit balcon forgé, semblable en tout point à celui où s'accoudait Alba. À l'entrée du hall, une autre affichette précisait l'étage de la chambre. Maurizio gravit prestement les escaliers jusqu'au second, mais une vieille dame à la stature imposante et au chignon impérial stoppa son élan. Pendant qu'elle l'examinait des pieds à la tête, il se présenta en fixant l'extrémité de ce chignon. Encore un fraîchement débarqué, songea-t-elle, surprise par l'étoffe bleu encre du costume. Peut-être un fils de famille ? Elle se ravisa à la vue de la valise cabossée. Un aventurier ? Il n'en avait pas la tête, plutôt le regard d'un amoureux solitaire.

« Dommage que tu ne sois pas une fille, je préférerais louer à une fille », dit-elle en italien.

Mais avec l'âge et le manque de pratique, elle conclut en espagnol :

« *Comprendés ?*

— Je serai très discret. Vous ne saurez même pas que je suis là », répondit Maurizio qui laissa flotter un sourire.

La figure aux joues rosées de la logeuse tangua avec ce sourire. Il lui parut à la fois confiant et doux, ce sourire, comme habité, non par les illusions de l'espoir propre aux migrants, mais par une force tangible, une indéfectible croyance, un sentiment d'amour démesuré. Et elle était curieuse d'un jeune homme arrivé en Argentine par amour. Car il s'agissait bien de cela, elle en était certaine, ne savait-elle pas percevoir les secrets d'une âme ?

« Quel est ton métier ? demanda-t-elle, les mains jointes sur son ventre.

— Je suis coiffeur ! s'exclama-t-il.

— Coiffeur ! Tu as fait tout ce voyage pour coiffer des gens ? Ils ne se coupent plus les cheveux en Italie ?

— Si, mais je voulais voir du pays. Avec des ciseaux et un peigne, on peut voyager n'importe où, et moi c'est ici que s'arrête mon voyage. »

Tant de certitude troubla davantage la logeuse. Elle se ressaisit en toussotant :

« Tu vas t'ennuyer, dans ce pays les hommes ont tous la même coupe, cette affreuse brosse qu'ils gominent les jours de fête.

— Les cheveux des hommes ne m'intéressent pas, Madame, je suis venu embellir ceux des femmes », déclara-t-il solennellement.

Ce garçon possédait une âme pure, elle le devinait rien qu'en le dévisageant, une âme broyée par le destin, une âme qui se révélerait sur cette terre. Elle le fit entrer et ressentit toute la bienveillance de cette âme. La vieille femme y était sensible, mais elle avait beau disposer de certaines aptitudes extralucides, elle n'en restait pas moins logeuse, d'une lucidité moins spirituelle au sujet du loyer. Elle en exigeait un trois fois plus élevé qu'à la Boca, incluant cependant l'accès à la salle de bains. Maurizio régla quatre mois d'avance, qu'importait le prix à payer pourvu qu'il retrouvât le monde des vivants, puis la logeuse lui offrit un petit verre de liqueur pour sceller leur contrat. Elle se prénommait Algisa, Maria Algisa, puisqu'en Argentine, lui expliqua-t-elle, Maria précède toujours les prénoms féminins. La Vierge l'avait d'ailleurs protégée toute sa vie, excepté son regretté mari disparu avec les dernières traites de la maison – et elle qui devait encore accepter des travaux de couture. Maurizio occuperait la chambre de son fils, fonctionnaire du rail, gentil mais dénué d'ambition, à l'image de son épouse aussi charmante qu'ennuyeuse.

Tout en leur resservant un doigt de liqueur, elle réfléchit aux salons du quartier susceptibles de proposer du travail. À sa connaissance, malheureusement, aucun homme n'y coiffait les femmes. Elle eut l'air si désappointé, hochant énergiquement la tête, que son chignon menaça de ployer à chacune de ses secousses. Maurizio la rassura d'emblée, affirmant qu'il comptait acheter son propre salon. Elle en demeura ébahie, pesta intérieurement contre son fils dont l'unique aspiration consistait à perforer les tickets des voyageurs. Algisa lui conseilla alors d'apprendre au plus vite le castillan, car si la moitié de la population avait un aïeul italien, tous s'exprimaient en espagnol. Elle pouvait même lui donner des leçons, du moins si son nouveau locataire prenait soin des formes approximatives de son chignon. Maurizio s'exécuta sur-le-champ, se rappelant les gestes de sa mère, comme si ses mains se superposaient aux siennes et le guidaient de l'au-delà.

La veille de son départ, ma sœur vous a montré l'étoffe de soie blanche qu'elle a achetée l'après-midi. Mon corps y sera enveloppé, pas de vêtements, non, juste la soie blanche sur ma peau. Ma peau que le médecin légiste a recousue avec la froideur des vivants. Ma peau dont tu me murmurais qu'elle était comme la moitié de la tienne. Pourquoi n'avons-nous pas vécu ensemble, mon amour ? Pourquoi voulions-nous encore attendre un peu ? Attendre quoi ? Je t'ai dit que je t'avais choisi, que tu serais mon dernier homme, que je voulais une vie entière avec toi. *Alors pourquoi n'avons-nous pas vécu ensemble ?* te répètes-tu. *Pourquoi ?* Tu n'aurais pas touché cette soie blanche, tu n'aurais touché que ma peau, et tu m'aurais avoué à quel point ma peau t'est précieuse. Tu te sens si coupable d'avoir cru que nous avions le temps. Coupable de m'avoir laissée mourir. Quelle faute aurais-tu bien pu commettre, mon amour ? Je suis morte le même jour où le SS a voulu tuer grand-père, un 19 janvier, mais je ne marchais pas dans la neige, je la regardais tomber sur le canapé, je regardais la vie sauver grand-père, je regardais la vie m'abandonner. Mais toi, tu dois continuer à marcher, fais-le pour moi, marche pour moi, et tant pis si tu marches dans le couloir de la morgue, tu dois te forcer à marcher, tu ne dois pas te retourner sur mon corps, d'ailleurs tu ne le peux pas, mon frère est seul à côté de moi dans la chambre funéraire. Lui non plus n'est coupable de rien, mais il contemple mon visage avec effroi, une moitié hâlée par le soleil de la montagne, l'autre rongée de brûlures. Mon frère ne voudrait se souvenir que de nos vacances à la montagne. Mais il pleure au-dessus de moi, le poing serré contre sa bouche, il pleure et relâche le pan de soie qui me recouvre de neige. Tu entres dans la pièce, t'approches de mon frère, tu fixes les formes de mon corps sous l'étoffe, mes mains jointes sur l'image de la Vierge, le petit chapelet que j'avais offert à ma sœur, et tu sais que je suis là, que je serai toujours là, enfouie sous la soie, à jamais ensevelie sous la neige. Tu sais que ce soir tu cesseras de me prendre dans tes bras. Tu sais maintenant que comme grand-père devant le corps d'Alba, tu n'auras pas le courage de me suivre. Tu sais qu'un sentiment plus fort que moi t'oblige désormais à vivre. C'est peut-être ça l'amour, quelque chose qui t'oblige à vivre. Mais tu ignores comment vivre, pourquoi je suis morte. Tu sais juste que je vais m'en aller, une fois vissé le couvercle, une fois que tu auras soulevé ma dépouille. Je suis si lourde à présent. Un poids dans ta main crispée. Un poids que tu portes dans ton cœur. Ce poids glisse dans le fourgon mortuaire. Les portes claquent et tu me regardes m'éloigner sous la neige et le froid.

Le salon n'offrait que cinq fauteuils, mais il était situé au cœur de Recoleta, un quartier où des femmes aux rires insoucieux rivalisaient d'élégance. Le vendeur avait vieilli avec sa clientèle, des messieurs de l'autre siècle, cravatés tout au long de la semaine, chemises amidonnées, commentant les nouvelles du journal pendant que leur nuque crissait sous le rasoir. Aussi modeste et déclinant fût-il, ce commerce avait un prix. Maurizio eut beau le négocier au mieux, il y investit l'héritage de ses parents. Excepté le téléphone, il changea l'ensemble du matériel, rénova la façade que l'on dota d'une large vitrine. La décoration du salon déployait un raffinement délicat, à l'image des promeneuses intriguées de cette apparente intimité. Le marbre blanc au sol mettait en valeur les tonalités ambrées des boiseries, tandis que les regards étaient attirés par l'enseigne *Maurizio Coiffeur Colorista*. Dans la haute société, lui expliqua Algisa en brodant les mêmes lettres safranées sur une manche des peignoirs, on n'employait pas le mot *Peluquero*, mais bien celui de *Coiffeur*, car le français et le prestige qui s'y rattachait étaient prisés des gens fortunés. Elle lui conseilla également de revêtir son costume bleu encre pour recevoir la clientèle. « Les femmes doivent avoir l'impression d'entrer chez un ami, et leurs amis ne les reçoivent pas avec une blouse. Tu es beau garçon, alors sois aussi distingué et original qu'elles. Les femmes, contrairement à ce que tu penses, aiment qu'on leur ressemble. »

Tous deux étaient devenus inséparables, et si Algisa demeurait la logeuse de Maurizio, elle n'en partageait pas moins son enthousiasme, l'invitait chaque soir à sa table en s'adressant à lui comme à un fils. Elle l'aida dans ses démarches, jusqu'à servir de modèle lorsqu'il entreprit de dompter la couleur sur laquelle il voulait bâtir sa réputation. Les femmes seraient blondes dans le monde rêvé de Maurizio, un monde qui apparaissait par petites touches sur le chignon d'Algisa. L'apprentissage de son protégé l'amusait comme une jeune fille, elle en commentait les tentatives, ne sortait plus sans un chapeau afin que nul ne perçât leur secret. Les mèches du chignon étaient si longues que Maurizio pouvait s'y exercer quotidiennement, se remémorant les mots du peintre turinois, quand il lui disait qu'il fallait patiemment mélanger les couleurs afin de trouver la sienne, celle qui fait que l'on reconnaît immédiatement le style et le talent d'un peintre. Ne lui avait-il pas affirmé que tous les hommes avaient le droit à une couleur, celle de leur liberté ? Et Maurizio voulait que son *blond* fût identifiable au premier coup d'œil.

Le soir de l'inauguration, il l'évoqua aux commerçantes du quartier, soutenant qu'elles n'étaient pas condamnées au légendaire blond platine, certes un blond fatal, mais si galvaudé qu'il en avait perdu tout mystère. À l'image de la nature, il existait une infinie variété de blond, oui, la chevelure des femmes pouvait se fondre dans la douceur du miel, refléter les discrets scintillements du cuivre, éclater en des pétillements de blé, réfléchir l'ardeur du soleil, couler entre les doigts comme les nuances du sable. La lumière de leur enfance rejaillirait, car la plupart d'entre elles avaient exhibé des boucles blondes, celles-là même qu'elles avaient vues rouler à leurs pieds, celles que Maurizio se proposait de leur restituer dans son salon de coiffure. Mais, conclut-il, il aurait tout autant plaisir à simplement leur couper les cheveux. Algisa dont le chignon arborait un blond blanc vénitien lança les applaudissements. L'assistance l'imita en se jetant des regards surpris, timidement approbateurs, puis la directrice de *Alberta Moda* s'avança vers Maurizio. Il ouvrit alors son cahier et nota le rendez-vous pour la journée du lendemain. D'autres s'approchèrent de ce jeune homme qui les avait troublées, lui aussi était ému, mais il se cachait derrière un sourire duquel affleurait un sentiment de fierté.

Il exécuta ainsi trois couleurs et cinq coupes, et pour chacune de ses clientes il opéra de façon identique, faisant appel à ses sens pour *penser* le cheveu. À celles qui voulaient devenir blonde, il retint leur manière d'exprimer ce désir, devinant leur caractère, affinant peu à peu ce dont elles avaient envie. Toutes souhaitaient un blond différent, celui qui saurait pleinement exprimer leur personnalité. Maurizio les écoutait tout en scrutant leur teint, préparait déjà l'alchimie qui mettrait en valeur leur visage, ce visage qu'elles admireraient dans le miroir du salon, effleurant une mèche avec un geste d'émerveillement. Les autres clientes ne furent pas lésées. Il observa attentivement l'aspect de leurs cheveux, en toucha la texture, évaluant les volumes et les transparences, imaginant la forme et le mouvement qu'il pouvait leur insuffler, comme s'il se tenait devant une toile. Il avait compris que pour la façonner, il devait oublier ce qu'il possédait de technique, car dans son salon, Maurizio ne coupait pas les cheveux, non, il leur redonnait une vie. Et qui savait mieux que lui ce que signifiait la vie ? D'ailleurs en les raccompagnant une à une à la porte, il leur murmurait à l'oreille « vous êtes tellement plus vivante à présent », puis il regardait ces femmes s'éloigner vers leur vie.

Lorsqu'il ferma enfin la porte, il se laissa tomber au fond d'un fauteuil. Il fixa son reflet dans la glace, le cœur lourd, à la fois heureux que l'esprit d'Alba l'eût conduit jusqu'à ce salon, infiniment triste de l'avoir perdue à jamais. Ne restait d'elle que la couleur trouvée en lui, ce *blond cendré* qui l'avait rendu libre. Les clientes n'avaient perçu que sa dextérité et sa courtoisie, pas cette mélancolie qui avait su les embellir. Maurizio baissa les yeux, s'attarda sur les cheveux inanimés sur le marbre blanc. Mais de sa main droite n'émanait plus aucune douleur, plutôt une sorte d'apaisement. Il sut alors qu'il avait bâti un sanctuaire pour chacune des femmes dont il avait profané la chevelure. Toutes reposaient dans son salon, toutes attendaient le moment où Maurizio restituerait aux vivants l'au-delà de leur beauté.

Pendant la lecture du livre d'Isaïe, tu déblaies la neige sur le pont. Tu m'aurais bien accompagnée à Buenos Aires, mais t'y rendre était au-dessus de tes forces. Moi qui peux être à la proue de ta péniche et dans la pénombre de cette chapelle, je te vois t'acharner après la neige comme je vois ceux rassemblés derrière ma dépouille. Ma sœur et mon frère soutiennent ma mère, pauvre *mamita*, la douleur lui transperce le ventre. Même mon père a fait le déplacement, lui qui en a fait si peu pour moi. Grand-père l'a remplacé de son mieux, palliant son absence, rivé à mon chevet lorsque la température me clouait au lit. Il a surveillé mes montées de fièvre, redoutant celle de la scarlatine, cette maladie infantile dont il avait failli mourir durant la marche forcée. Grand-père qui à présent guette son dernier souffle alors que le tien se confond avec la neige. Tu as beau la chasser rageusement, cette neige, tu ne sens qu'elle à l'horizon. Les gens que tu croises s'y déplacent au ralenti, les mots que tu entends s'y estompent, les couleurs s'y délaient, il n'y a plus que de la neige qui tombe devant tes yeux, comme si toi aussi tu étais dans un autre monde. Tu cherches un sens à ma mort, un sens, parce qu'il te paraît inconcevable qu'il n'y en ait pas. L'homme que j'aime est architecte naval, il dessine des bateaux, cela a un sens, mais aucune des lignes que tu traces ne pourrait flotter. Tu ignores que la mort n'a pas de sens, seulement celui que l'on veut lui donner. Que veux-tu me donner que je n'aie déjà ? Mais tu t'entêtes à chercher un sens à ma mort, comme si elle pouvait bien t'amener quelque part. Il va falloir t'y résoudre, mon amour, il n'y a pas de sens, mais tant que tu te perdras avec moi, tu en chercheras un parmi toute cette lenteur qui t'entoure. Tu as même la sensation de la traverser en marchant, cette lenteur, et lorsque tu t'immobilises, elle se répand d'un coup dans ton corps. Alors tu t'enfermes chez toi, dans ta propre lenteur, tu continues à chercher un sens. Tu es envahi de moi, cela au moins a un sens, comme la robe que j'ai laissée chez toi, suspendue à la porte de ton armoire. Tu n'imagines pas la ranger à l'intérieur, non, tu m'imagines dedans et tu respires mon odeur. Mon odeur a un sens. Cette chambre est à nous et nous pouvons y faire ce que bon te semble. Cette salle de bains aussi est à nous et tu n'as pas touché à la brosse, pas à un seul de mes cheveux. Le matin, tu t'assois devant la fougère que je t'ai offerte, te demandant si elle fera de nouvelles pousses après l'hiver. Cette plante a un sens. De moi, il ne te reste qu'elle de vivant. Alors, chaque jour, tu balaies la neige sur le pont, mais la lenteur revient du ciel, et tout recommence entre nos deux mondes. Même début mars, tu arpentes la péniche et traques les derniers flocons qui fondent sur le bois mouillé. Tu penses aux rapports que le procureur a transmis à ton avocat. Ces rapports ont un sens. Tout y est décrit minutieusement. Mais tu en compulses encore les pages, relis les extraits que tu as déjà lus, jusqu'à la conclusion de ces rapports. La conclusion veut que je sois morte dans un incendie d'origine accidentelle. Cela n'a aucun sens, mon amour, aucun sens.

La réputation de Maurizio s'étendit au-delà de Recoleta. On y encensait sa perception de la couleur et l'art de ciseler le cheveu. Les femmes cachaient leur trouble en évoquant à leurs amies cette sensation d'abandon, car aucune ne doutait qu'il fût un créateur. Et que dire du langoureux fourmillement qui s'emparait de leur corps ? Des picotements qui s'épanchaient le long de leur nuque ? La sérénité qu'elles éprouvaient dans l'intimité de ce salon les maintenait hors du temps, comme si elles étaient entre deux mondes. Mais de l'âme de Maurizio, ces femmes n'en soupçonnaient pas les tourments, éblouies par l'éclat de leurs boucles, les nuances nervurées qui saillaient de leur chevelure, la profondeur délicate qui illuminait leur visage.

L'emprise que certaines ressentaient confinait au désir, même couchées contre leur mari, elles se prenaient à rêver des mains du coiffeur de Recoleta. Le salon affichait complet et il fallait patienter jusqu'à la semaine suivante pour obtenir un rendez-vous. Seule la toute clairvoyance d'Algisa lui avait permis de percer l'origine de ce succès, car l'esprit d'Alba lui était apparu en rêve. Elle savait que la reconnaissance et l'argent ne consoleraient pas l'âme de Maurizio, comme si tout cela il le faisait pour quelqu'un d'autre. Avec tout le bonheur du désespoir de la vie.

La première année à Buenos Aires s'écoula ainsi, entre le salon et la demeure d'Algisa. Il la considérait comme sa propre grand-mère, ne se lassait pas de sa compagnie. Lorsqu'une décision s'imposait, il la consultait aussitôt, comme ce soir où, brusquement épuisé, Maurizio hésitait à accepter un extra pour le dimanche suivant. Elle plongea son regard bienveillant dans le sien.

« Les morts ne peuvent revenir que morts, murmura-t-elle. Sache qu'ils ont une vie bien à eux, et crois-moi, ils sont fort occupés. Il te faut aller de l'avant, mon garçon, ne pas oublier mais t'éloigner de ce monde où tu n'as pas encore ta place. Tu retrouveras ceux que tu aimes un jour. En attendant, tu dois vivre, tu dois remplir cette vie, sinon quand tu auras mon âge, tu te morfondras dans le regret. Et les regrets, c'est ce qu'il y a de pire. »

Il la contempla un moment, songeant qu'à l'été prochain, cela ferait cinq ans qu'Alba était morte. Il avait fini par ranger le médaillon qui contenait sa mèche. Mais comment se déprendre du souvenir d'Alba ?

« Pourquoi me dites-vous cela ?

— Tu sais bien que je peux voir des choses… Il est temps pour toi de fonder une famille, ta famille, celle que tu chériras plus que tout. »

Le dimanche matin, après avoir sculpté le chignon de la mariée, celle-ci le convia à la fête. Il allait poliment décliner l'invitation lorsqu'il crut voir dans la pièce voisine virevolter une épaisse chevelure blond cendré. Son corps entier en frémit, mais il dut se résoudre à patienter jusqu'au soir. À peine eut-il franchi l'enceinte de la maison, qu'il entreprit de filer dans tout le jardin les ondulations chatoyantes de cette chevelure. Il se glissa discrètement dans son dos tandis qu'elle embrassait des proches, en saluait d'autres de la main, souriant comme si elle-même venait d'unir son destin. Elle effectua maints détours au milieu des tables dressées, puis, soudainement, comme si elle se rappelait quelque chose d'essentiel, elle se retourna sur Maurizio et faillit le heurter. Il la retint par les épaules, la fixa avec étonnement, car hormis cette similitude capillaire, la jeune femme ne ressemblait pas à Alba. C'était une beauté pâle, rehaussée de grands yeux qui vibraient de lumière, un visage à ce point expressif qu'il laissait transparaître de la désinvolture, comme si elle pouvait faire n'importe quoi sans que quiconque eût un mot à redire.

« Vous me suiviez ? » s'exclama-t-elle, reculant à peine.

Il sentit les battements de son cœur, presque précipités, comme si d'un moment à l'autre ses mains restées posées sur les épaules de la jeune femme allaient descendre jusqu'au bas de son dos pour l'attirer contre lui.

« Pas vous, juste vos cheveux, murmura-t-il, ôtant ses mains à regret, son trouble dissimulé sous un sourire fragile.

— Vous devez être Maurizio ? On parle autant de vous que des mariés.

— On a tort. Les gens qui s'aiment ont bien plus de valeur.

— Vous êtes trop modeste, l'amour ne réclame aucun talent.

— Ah bon, que demande-t-il alors ? »

Elle l'observa avec malice, mais l'intensité de ses yeux renvoyait à Maurizio le sentiment qui le bouleversait. Cependant, lui seul songea que cette rencontre était la volonté d'Alba. Comment aurait-il pu en être autrement ? Il avait entrepris ce voyage pour elle, il avait trouvé sa couleur grâce à elle, il était sur le point de devenir célèbre, et à présent, une jeune femme audacieuse lui répondait dans un rire :

« Du hasard et un fulgurant coup de tonnerre dans le ciel !

— Vous pensez qu'il y aura de l'orage ? » dit-il d'un regard appuyé.

Elle leva une main à hauteur d'épaule.

« Attendons les premières gouttes », conclut-elle avec enchantement.

Maurizio pria pour qu'il pleuve, et ce jour-là, malgré le bleu cinglant du ciel, il sut qu'il pleuvait à torrent. La jeune femme s'appelait Lucia. À l'image de son prénom, un élan de grâce et d'harmonie s'élevait de sa personne. Maurizio ne s'en éloignait pas, guettait l'éclat de ses yeux et les propulsions de lumière. Ses yeux qui tout au long de cette journée radieuse éclairèrent le début de leur vie. Les grands-parents de Lucia avaient délaissé les pâturages du Frioul au milieu du siècle précédent, rêvant de l'immensité des terres argentines. Ils s'étaient lancés dans l'élevage bovin, puis ses propres parents avaient étendu l'*estancia*. Aujourd'hui, l'exploitation se chiffrait à dix mille têtes, elle-même, précisa-t-elle dans un rire, était la dernière tête d'une famille de quatre enfants. Ses deux frères aînés avaient repris la succession, alors que sa sœur avait épousé un notaire de Buenos Aires. Comme elle étudiait en ville, Lucia vivait avec eux depuis deux ans, puis elle avoua sans lâcher le regard de Maurizio :

« J'apprends la coiffure ! Et tant pis si cette profession paraît quelque peu légère à mes parents. J'ai toujours aimé le contact des cheveux comme mon père celui des bœufs ! affirma-t-elle en s'esclaffant de plus belle. Une vocation, voilà tout, comme d'autres deviennent curé, médecin, ou géographe, dieu qu'il faut être passionné pour se pencher sur des tas de cartes, des haleines douteuses, et les mystères du Saint-Esprit. Moi, c'est la présence des cheveux qui m'inspire, d'ailleurs il suffit que j'y passe la main pour deviner le caractère d'une personne.

— Et comment est le mien ? » demanda-t-il, inclinant le front.

Elle approcha lentement sa main de la chevelure de Maurizio. Malgré l'air égaré et secret de celui marqué par tant de blessures, Lucia pressentait déjà que, tout comme elle, il était en train de tomber amoureux, qu'il rêvait de goûter à ses lèvres, de la presser dans ses bras comme si toute sa vie en dépendait. Mais elle lança confusément :

« Vous êtes d'une grande beauté, pardon d'une grande bonté ! corrigea-t-elle en riant. Votre volonté est farouche, indéfectible, et vous êtes si exigeant de vous-même, trop sans doute, car vous ne vous accordez que peu d'importance, vous reprochant sans cesse des choses contre lesquelles vous ne pouvez rien. C'est que vous êtes si fidèle et valeureux. Et solitaire... Mais vous devriez être plus indulgent à votre égard. Il y a en vous tant de bonheur possible. »

Elle retira doucement sa main tandis que Maurizio en frissonnait encore, le regard consentant et ému.

« Comment savez-vous donc tout cela ? finit-il par balbutier.

— Je le sais, voilà tout, répondit-elle, haussée sur la pointe des pieds. Nos cheveux nous trahissent... »

Il dévora ses yeux au point que Lucia faillit perdre l'équilibre.

« Voyons comment sont les vôtres », dit-il avec certitude.

Maurizio effleura les boucles blondes, puis y glissa une main qui en dévoila tout le cendré. Ces boucles-là, il les sentait vivre dans le creux de sa paume, palpiter au bout de ses doigts. Alors il murmura simplement :

« Vous êtes d'une grande beauté... Oui, d'une grande beauté. »

Elle lui offrit son bras et ils se faufilèrent jusqu'aux mariés. Ils se rejoignirent le samedi suivant, puis celui d'après, et tous les jours du reste de leur vie. Lucia qui préférait coiffer les hommes officia à la nouvelle adresse qu'ils inaugurèrent ensemble, là où avait débuté Maurizio, mais la surface du salon avait été agrandie après le rachat du fleuriste adjacent. Avant cela, les jours précédant leurs fiançailles, il lui révéla l'existence d'Alba. Elle répondit sans une hésitation : « Nous l'aimerons tous les deux, toi parce qu'il ne saurait en être autrement, et moi parce qu'elle m'a permis de te trouver. » Alors Maurizio replia la manche droite de sa chemise, puis raconta l'histoire tatouée sur sa peau. Lucia lui prit la main et embrassa son histoire, lui promettant d'ôter une à une les images qui y étaient enfouies.

Après avoir dévissé la planche en contreplaqué condamnant l'accès à l'appartement, le serrurier pousse la porte d'un geste sûr. Mon frère entre le premier, puis la gestionnaire de l'agence s'engouffre à son tour. Tu te tiens un moment sur le seuil, les yeux rivés aux murs du couloir dont la noirceur t'étourdit. Chaque semaine, tu es venu récupérer le courrier que tu réexpédies à mon frère, et chaque semaine tu n'as pas pu t'empêcher de monter chez moi, de t'arrêter devant cette planche, de vérifier la présence des vis, respirant malgré toi l'odeur de fumée qui imprègne encore les parties communes. Tu t'efforces de faire un maigre pas, de lutter lorsque tu piétines les débris calcinés. Tes yeux sont remplis d'effroi, une scène de guerre, voilà ce que tu te dis, une insoutenable violence face à laquelle tu ne dois pas défaillir. Tes semelles crissent sous le verre tandis que la femme de l'agence t'informe qu'elle repassera ce soir. Tu n'as rien répondu, tu avances vers le salon et tu suspends ton souffle. Le moindre objet est figé sous une couche de suie dense, tout est pétrifié dans une désolation qui te tétanise, et partout sur les murs ce noir oppressant. Tu regardes la porte-fenêtre brisée, les volets électriques disloqués, pendant à moitié dans la lumière trouble. Tu te retournes sur mon frère, inerte près du canapé, tu fixes l'amas de mousse charbonneuse qui recouvre le parquet, plus de coussins ni d'assise, ne subsiste que la structure métallique du canapé, le reste a fondu, brûlé, excepté ce désert de particules de mousse sur lequel vous marchez côte à côte, comme s'il fallait être deux pour le franchir. Mon frère qui désigne le coin gauche te dit que le feu est parti de là, on distingue bien la trace, comme une griffure à vif gravée dans le mur. Toi, tu me vois allongée sur le canapé, endormie sous le plaid. Tu as lu dans le rapport d'expertise toxicologique que la laine, en se consumant, dégage de la fumée chargée de cyanure, beaucoup plus toxique que le monoxyde de carbone, et mon sang en contient cinq fois la dose mortelle. Comme mes sœurs au camp, je n'avais aucune chance, seulement le destin de finir avec elles. Mais grand-père ne m'a pas pris mes cheveux. Mon corps n'a pas brûlé en entier. Il n'est pas *sorti par la cheminée*. Mon corps repose sur le canapé et tu suis la progression du feu qui ronge le dossier, les flammes qui se rapprochent de ma peau, qui la lèchent avant de la marquer de leurs morsures. Je n'ai pas mal, mon amour, je suis déjà morte, mais je ne le sais pas. Ça été si long pour me voir morte, pour le comprendre, pour l'accepter, pour commencer à vivre cette vie de morte. Même si tout est expliqué dans le rapport, tu te demandes pourquoi je ne me suis pas réveillée. Mon frère y pense également, vous pensez à moi endormie sur ce canapé, là où vous vous êtes assis, me recommandant d'enlever cette prise multiple de l'accoudoir, et tous ces papiers autour. Pourquoi ne l'avez-vous pas fait ? *Pourquoi ?* te répètes-tu comme mon frère.

— Qu'est-ce qu'il y avait déjà de branché sur cette prise ?

— Le téléphone, l'appareil photo, une lampe et un chargeur vide, réponds-tu aussitôt. Plus rien d'exploitable pour le laboratoire.

— Alors personne n'est capable de savoir exactement ce qui s'est passé… D'où provient cette surchauffe… Parce que si c'était la prise, je… je ferais un procès.

— Contre qui ? marmonnes-tu avec dérision. Une entreprise chinoise ?

Mon frère te dévisage avec perplexité. Tu regrettes cette remarque, toi aussi tu serais prêt à lutter contre des millions de Chinois. Prêt à tout pour ne pas me voir allongée sur le canapé. Tu pourrais presque me toucher tellement tu me vois, me secouer pour me faire sortir de mon sommeil. *Réveille-moi*, ne te l'ai-je pas crié ? Tu te retournes vers la cuisine, et tu me vois en train de remplir l'arrosoir, donner à boire aux plantes, toutes celles que l'incendie a fossilisées dans les pots renversés. Tu me vois repiquer les boutures de la fougère que je t'ai offerte, rassembler la terre autour des deux fines tiges aux feuilles étincelantes. *Toi et moi*, t'ai-je dit, *toi et moi, on grandira ensemble*. Tu avais l'air incrédule, comme si cette plante chétive ne survivrait pas. Tu fixes les miennes couchées au sol, te dis que ma mort est un immense gâchis, et tu contemples ce gâchis, tu lui fais face, tu l'affrontes dans le tremblement de tes jambes. Tu me vois sortir de la salle de bains en t'embrassant, t'attirer vers la chambre poudrée de ce noir opaque. Tu me vois même dans le noir, mon amour, le corps accroché au tien, tu me vois vaciller sous les cendres. Tu recules jusqu'au salon pendant que mon frère décroche les tableaux.

— Je les ferai nettoyer en Italie, murmure-t-il, cherchant en vain une trace de couleur sur la toile.

C'est à peine si tu distingues le cadre qui protège le portrait d'Alba dessiné par Johan au camp. Grand-père me l'a offert la veille de mon départ, *Tu es comme elle, une révoltée, alors où que tu ailles, tu pourras puiser dans son courage*. Et Alba ne m'a jamais lâchée, même si je n'ai jamais eu besoin de tant de courage, même si ma souffrance était sans équivalent. De la main tu essuies le cadre et le visage d'Alba se détache. Grand-père disait que je lui ressemblais, pas seulement par la couleur de nos cheveux, mais quand j'apparaissais sous le lustre du salon, il se rappelait quelque chose d'elle. Alba n'était jamais loin de lui, jamais loin de moi, bien plus qu'un dessin sur un mur. Là où son visage te retient, car tu ne reconnais rien où erre ton regard, juste la position des objets et leur forme silencieuse. L'écran de la télévision a plissé en coulant, celui de l'ordinateur est boursouflé de cloques.

— Qu'est-ce qu'on doit prendre? dis-tu finalement.

— Ce qui est récupérable… Du matériel photo, le chevalet… Ma sœur voudrait quelques vêtements, et les bijoux, on doit retrouver les bijoux… J'emmène l'ordinateur, peut-être que le disque dur n'a pas été endommagé. Il y a tout son travail…

Tu remarques une pile de cartes sur le bureau, comme un jeu que l'on vient d'étaler. Tes cartes de visite qui ont permis aux policiers de te contacter.

Celle qui était au-dessus a jauni, les autres sont intactes. Tu les juges indécentes, ces cartes, ton nom préservé au milieu de cette désolation. Alors tu prononces avec peine :

— Il faudra passer après à l'atelier.

Que va-t-on en faire de mes toiles ? Les vendre, ma mort aura au moins un prix. Mon frère conservera le portrait d'Alba, celui devant lequel j'achève toujours un tableau. J'aime quand tu te penches sur mon épaule. J'aime tes commentaires, tes yeux qui rêvent au fond de mon cerveau. J'aime que tu sois là, parmi les décombres qui m'ont ensevelie. J'aime nos souvenirs, chacune des images qui brouillent tes yeux et semblent ne jamais vouloir s'effacer. J'aime quand tes yeux me fixent, quand tu me regardes dans l'au-delà. Je suis morte depuis presque trois mois, et tous les matins tu ressasses la même incompréhension, la même culpabilité, la même fatalité, le même manque, tu ravales les mêmes larmes, et tout recommence sans moi. Rien n'avance sans moi. Tu te tiens isolé du monde sans la moindre neige à balayer. Alors tu vas sur mon balcon en frôlant les lames de verre qui pointent de la porte-fenêtre, tu contemples la table, les deux chaises, combien de fois t'ai-je photographié assis sur cette chaise ? Combien de fois t'ai-je immortalisé jusqu'à maintenant ? Qui saura te garder en vie ? Qui saura te la rendre ? Comme ma grand-mère pour Alba, je n'en serai pas jalouse, je t'aime comme ça, mon amour, même au bras d'une autre. Cette idée ne t'effleure pas, aucune main ne peut t'émouvoir, tu vis encore entre deux mondes, dans cet envahissement de moi, là où tu m'entends, me respires, là où je t'apparais, dans cette lenteur que tu traverses, un pied sur la terre ferme, l'autre avec moi. L'air frissonne dans tes poumons, le parasol gît contre le garde-corps, tout semble te maintenir entre ces deux mondes. Tu repars à l'intérieur, ramasses le trépied caché sous les débris de mousse. Tu cherches un chiffon pour l'essuyer. Un chiffon ? Le dégagement de chaleur en a zébré le tissu. Tu remues cette mousse de tes mains, la jettes au fur et à mesure dans un grand sac poubelle. Mon frère vide les tiroirs du meuble de la salle de bains, des boucles d'oreilles sans valeur, un bracelet, des produits de beauté, un vieux chéquier, quelques boîtes de médicaments. On dirait deux sinistrés qui retournent chez eux pour en fouiller les ruines, sauver quelque chose de moi. J'admire votre courage, je ne serais pas revenue sans vous. Pour faire quoi ? Mais toi, tu continues à brasser cette mousse, tu découvres mon portefeuille, le manteau que ma sœur m'a offert à mon anniversaire. Des débris s'agrippent à la laine, mais sa couleur l'a protégé des marques brunes qui imprègnent la moindre fibre. Dans le coin où était branchée la prise multiple, tu te saisis d'un objectif à moitié calciné, un autre que tu examines attentivement avant de te résigner. Tes mains sont noires comme mon manteau, tu l'époussettes et le montres à mon frère.

— Très bien, dit-il en acquiesçant, ce sera toujours ça. Mais les bijoux ne sont pas là…

— Peut-être dans l'armoire.

— Oui, je vais m'en occuper.

Tu le suis dans notre chambre. Les bras ballants, tu le regardes débarrasser de l'armoire mes chaussures qu'il range soigneusement par paires. Tu te demandes où sont les bottes que je portais la dernière fois, puis tu regagnes le salon, fixes à nouveau le canapé, les pompiers penchés sur mon corps, l'éclat des torches terni par la lourdeur de la fumée, la hache brisant la porte-fenêtre, le volet électrique que l'on éventre, les exclamations qui émergent de l'obscurité. J'aurais dû me douter que les soldats russes ne parlent pas aussi bien le français. Me douter de n'être plus qu'une conscience. Arrête d'examiner ce canapé, mon amour, de vouloir mettre des mots sur ce qui te dépasse, tu ferais mieux de pousser ce canapé si tu veux trouver mes bijoux. Tire-le d'un côté, faufile-toi contre le mur, agenouille-toi pour jeter dans le sac des poignées de mousse jusqu'à ce que ta main se referme sur l'étui au cuir crevassé. L'embout s'est déformé, tu le forces en le dévissant, souris presque lorsque tu en sors deux chaînes emmêlées. Tu appelles mon frère avant d'étaler ton butin sur la table du balcon.

— Cette bague était à ma grand-mère, murmure-t-il avec émotion. Le collier en perles aussi, et puis cette broche…

— Elle m'en parlait souvent de ta grand-mère, mais sur votre grand-père, Maurizio, ça pouvait durer des heures…

— Il ne voulait pas que ma sœur s'en aille en Europe… Il ne s'était pas opposé à mon départ, mais elle c'était différent… Il voyait tellement de choses en elle.

De vous trois, grand-père est celui dont je connais tous les secrets, la moindre blessure. Parfois, il me disait, *No es grave, ya verás…* À mes yeux, lui seul avait le droit de prononcer cette phrase. Lui qui s'est tant obstiné à survivre, *C'est pas grave, tu verras*, il n'y a jamais rien eu de grave dans sa vie avec nous, excepté la mort de mes neveux et la mienne.

— Comment va-t-il ?

— Ma mère m'a dit qu'il était en train de lâcher…

Mon frère remet les bijoux dans l'étui tandis que tu remarques un petit flacon de parfum. Tu le retournes dans ta main et lit à haute voix, *Flor de jazmin*.

— Qu'est-ce que c'est ?

Mon frère regarde ce flacon comme s'il revenait des années en arrière.

— Ma sœur portait ce parfum à une époque, en Argentine, je crois que c'était pour faire plaisir à grand-père, ou pour autre chose, je ne sais pas, elle ne m'a jamais rien dit. Mais tout le monde l'appelait *Flor* à cause de ce parfum de jasmin…

Tu en vaporises au dos de ton poignet. Cette fragrance ne t'est pas inconnue, cherche bien, mon amour, tu devrais t'en souvenir… Oui, j'ai mis le parfum d'Alba à notre premier rendez-vous, celui que tu as respiré quand tu m'as embrassée au jardin du Luxembourg. Tu aimerais savoir pourquoi j'ai rangé ce flacon avec ces bijoux, pourquoi tu ne l'as plus senti sur moi. Je t'avais enfin trouvé, mon amour, ne te l'ai-je pas dit souvent ? *Je suis ta Flor…*

Mon frère ajoute comme s'il revenait à lui :

— Garde-le, si tu veux… J'espère qu'on aura fini ce soir.

Vous passez le reste de la journée à errer au milieu des décombres, puis tu descends acheter une rose blanche. Où pourrais-tu la déposer ? te demandes-tu en regardant partout autour de toi. Non, tu as raison, pas au pied du canapé, peut-être avec les plantes desséchées, oui, les plantes, ça te paraît bien pour une rose. Mon frère acquiesce, vous vous recueillez un moment, ce moment qui n'appartient qu'à vous, et, comme grand-père, vous pourrez dire désormais, *C'est pas grave, tu verras…* C'est pas grave de quitter cet appartement. C'est pas grave si le serrurier bloque la porte, revisse la planche en contreplaqué. C'est pas grave si la gestionnaire vous informe que tout ce que vous avez laissé dans l'appartement finira à la décharge. Elle te serre la main en te précisant que tu peux encore garder les clefs pour le courrier, les travaux ne sont pas près de débuter, mais ça aussi c'est pas grave. Ce qui est important, c'est que le coffre de la voiture de mon frère déborde de tout ce que vous avez pu sauver, même cette bouteille de vin blanc que vous buvez sur la péniche. C'est pas grave si tu dois t'y reprendre à trois reprises pour laver les verres ruisselant de suie. Ce qui est important c'est d'y verser le vin et de lever vos verres à ma mémoire. C'est pas grave si vous buvez la bouteille sans vous en rendre compte. Si vous me buvez jusqu'à la moindre goutte. Ce qui est important c'est que mon frère te raconte des anecdotes de notre enfance, mais en fait, il ne parle que de moi, insiste sur ma tristesse lorsqu'il est parti d'Argentine. Tu sais que lui et grand-père ont été les deux hommes de ma vie, toi le dernier, mon amour, c'est ça qui est important, et que mon frère t'invite à venir quand tu veux en Italie, oui, ça lui ferait vraiment plaisir que tu connaisses sa femme et ses trois enfants. Puis il pose son verre vide sur un genou, te dit après un silence qu'il faut choisir un notaire pour la succession.

Comme Lucia désirait se marier à l'église, Maurizio se convertit au catholicisme – le Grand Rabbin de Rome l'avait lui-même fait après la guerre –, mais que Dieu fût juif ou chrétien, il en avait banni la parole. Le prêtre qui le baptisa lui rappela que Dieu n'avait promis aux hommes que la mort et la résurrection, que le monde était livré aux ténèbres, mais que l'âme des hommes, remplie de la lumière de Dieu, était éternelle. Maurizio n'en évita pas pour autant les églises, préférant se réfugier dans son salon lorsqu'il se demandait comment il avait pu survivre à cette balle qui lui avait traversé la nuque. Le 28 janvier 1950, jour de son mariage, il pria néanmoins Dieu de protéger sa famille et son pays, car il désirait devenir père et argentin. Lucia, dont la foi était inaltérable, remercia Dieu d'avoir épargné son mari, implorant son aide afin d'apaiser les stigmates de la guerre.

Le couple emménagea non loin du salon, un bel appartement offert par les parents de Lucia, car elle ne voulait aucune parcelle de l'*estancia*. Maurizio fut accueilli comme un fils par ces gens restés simples et discrets, reconnaissant son courage au labeur. La mère qui tomba sous le charme de son gendre profita à chaque occasion de ses talents de coiffeur. Sa notoriété était si établie qu'au printemps 1951, trois jours après la naissance de leur fille, une voiture officielle se gara sous l'enseigne *Maurizio Coiffeur Colorista*. Le chauffeur en ouvrit la portière, et la femme du président Perón entra dans le sanctuaire de Maurizio. Elle n'avait pas rendez-vous, mais s'installa à l'arrière du salon. C'est qu'elle était pressée, ses occupations accaparaient tout son temps, le peuple avait besoin de son aide, mais Evita n'en était pas moins femme, et on lui avait soufflé qu'un jeune homme de Recoleta avait le don de la couleur. « Vous êtes le symbole de l'Argentine, répondit-il intimidé. Il faut que votre *blond* soit *humble* et *généreux*. » Et il fut tel que Maurizio devint son coiffeur personnel, attirant à lui les épouses des ministres, des diplomates, dont celle de l'ambassadeur d'Italie qui rêvait de le rapatrier dans ses malles. Mais il demeura fidèle à Evita Perón jusqu'à sa mort l'année suivante. « Les tièdes me dégoûtent, lui dit-elle lors d'une ultime visite. Le fanatisme est l'unique force que Dieu nous a laissée dans le cœur pour gagner des batailles, car les militaires n'attendent qu'une occasion pour reprendre le pouvoir. »

Le coup d'État de 1955 lui donna raison. Mais elle n'aurait jamais imaginé que l'aviation bombarderait les civils rassemblés Plaza de Mayo, faisant plus de trois cents morts, des centaines de blessés. Où qu'il aille, la guerre semblait poursuivre Maurizio.

« Je refuse de vivre sous une dictature, déclara-t-il fermement à Lucia.

— Tu veux retourner en Italie ? Là-bas aussi la répression est violente, tes amis communistes sont fichés par la police, et il y a toujours des assassinats. Je ne l'invente pas, c'est toi qui me l'as dit ! Et puis, je ne veux pas que notre fille grandisse ailleurs qu'en Argentine.

— On ferait pourtant mieux de s'en aller, je sais de quoi sont capables les militaires ! » s'emporta-t-il.

Le lustre du salon sembla en trembler sous leurs têtes.

« Ce n'est pas la première fois que l'armée dirige le pays, l'Argentine s'est construite avec des coups d'État, argumenta-t-elle. Même Juan Perón que tu admires tant est un colonel qui a participé au putsch de 1943, et nous ne sommes pas comme lui contraints à l'exil. La démocratie reviendra, et un jour elle ne nous quittera plus.

— On verra comment les choses évolueront », répondit-il sans baisser la voix.

Au salon, la dictature ne pénétra qu'avec les femmes des généraux, car elles aussi passaient leur temps chez le coiffeur. Elles y côtoyaient celles des péronistes et toutes cohabitaient dans le cliquetis pacifiste des ciseaux. Comme Maurizio ne voulait que le bonheur de son épouse, il renonça provisoirement à quitter l'Argentine. D'ailleurs l'influence de Lucia était si prégnante, qu'elle le convainquit d'accélérer l'annexion de l'épicerie adjacente. Outre *le grand salon* cédé par le fleuriste, *le petit salon* original, ils rachetèrent cette vaste épicerie que l'on nomma *le nouveau grand salon*. Lorsque la démocratie triompha en 1958, ils investirent l'appartement au-dessus du *petit salon*, lieu que l'on désigna aussitôt comme *le petit salon d'en haut*. Le retour des militaires en 1963 freina leur expansion. Mais dix ans plus tard, elle connut un regain avec la réélection à la présidence de Juan Perón. Cette fois-ci, il s'agissait de l'appartement de l'ancien fleuriste, une aubaine tant on affluait à Recoleta. Lucia le baptisa du nom de *grand salon d'en haut*.

Ces espaces conquis sur différents niveaux constituaient un labyrinthe dans lequel circulait une vingtaine d'employés dont les plus récents s'égaraient non sans avoir préalablement demandé leur chemin. Une hôtesse guidait la clientèle à travers cet interminable dédale de miroirs, racontant avec fierté l'histoire de tous ces salons que découvraient des regards ébahis. Les hommes étaient coiffés en bas sur le territoire de Lucia, les femmes à l'étage où régnait Maurizio – car lui seul exerçait dans le plus strict secret le pouvoir de la couleur. Le personnel formé par ses soins était ensuite chargé de mettre en œuvre ce pouvoir, ainsi le considérait-on comme un maître, un artiste dont l'inspiration ne tarissait pas.

Le *blond* qu'il avait su créer au gré des époques évoluait sans cesse, et si certaines femmes ne juraient que par les classiques – dont le *blond humble* et *généreux* d'Évita –, les plus jeunes souhaitaient se démarquer en arborant une chevelure aux reflets rebelles, comme si la couleur aspirait obstinément à davantage de liberté. Mais après la mort de Perón, la junte brisa cet élan au printemps 1976, bâillonnant tout un peuple et l'ultime tentative d'essor de Maurizio. Il songea une dernière fois à l'exil, moins par conviction que par un ultime sursaut d'orgueil. Lucia qui resta inflexible sur le sujet le laissa pester contre les généraux, quant à Chiara, leur fille unique, elle ne s'imaginait pas fêter son vingt-sixième anniversaire sur un sol étranger, d'autant qu'elle était mère de famille et travaillait au salon.

L'année suivante, Maurizio reprocha au gouvernement italien d'avoir facilité l'évasion de l'Obersturmbannführer Kappler. Lucia abonda dans son sens et profita de l'occasion pour lui faire entrevoir l'inutilité d'un retour. Puis elle lui annonça un matin : « Les Brigades rouges ont exécuté Aldo Moro, personne à part lui n'aurait pu gouverner avec les communistes. » Ceux d'Argentine n'étaient qu'une minorité traquée par les forces de sécurité, cette stratégie répressive s'étendait à tous les mouvements contestataires, des groupes armés clandestins au simple opposant politique. Plus de trente ans après, Maurizio avait l'impression de revivre les déchirements et les luttes fratricides de l'Italie fasciste – seule la longueur des cheveux avait poussé. La démocratie ne fut rétablie qu'en 1983, et comme l'avait prédit Lucia, la Nation n'endura plus de régime militaire.

Le rachat d'un troisième appartement, *le nouveau grand salon d'en haut*, échouait à Chiara, héritière du flambeau. Mais celle-ci ne souhaitait apporter aucune modification au labyrinthe familial. Elle y avait grandi au rythme des transformations, invitant ses poupées qu'elle coiffait dans le royaume enchanteur de ses parents. Algisa l'attendait à la sortie de l'école, lui faisait réviser ses leçons dans *le petit salon*, l'endroit préféré de Chiara. Sa grand-mère de cœur lui racontait une nouvelle fois les débuts de Maurizio, n'hésitant pas à les enrober de détails qu'elle inventait parfois, et l'enfant se plaisait à l'écouter dans cette bonbonnière flavescente sertie de marbre blanc. Puis elle filait observer sa mère, fascinée par le gazouillis des ciseaux.

Elle se demandait si ces cheveux qui voltaient dans l'air possédaient des fragments d'âme, car sa meilleure amie dont le père soignait celle des humains lui avait soutenu que l'âme se situait, non dans le corps, mais bien dans le cerveau. Chiara en avait aussitôt supposé que l'âme était à l'origine de la croissance des cheveux, et que ceux-ci en étaient l'exacte représentation. Elle évitait donc les clientes aux mèches fines et grasses autant que les clients aux crânes dégarnis, néanmoins parvenue à la conclusion que les péchés des hommes devaient être, ô combien, plus conséquents. Algisa qui après les devoirs lui inculquait l'histoire des Saints approuvait ce point de vue, il fallait non seulement veiller aux chauves mais aussi aux hommes à la chevelure trompeuse – excepté, que Dieu le préserve, celle de son père. L'unique homme à la chérir chaque jour, celui qu'elle aurait pu retrouver les yeux fermés dans ce dédale de salons. Cet homme qui lui avait coupé ses premières boucles conservées sous le verre d'un médaillon. L'homme qui, une fois les tempes grisonnantes, lui confierait le secret de la couleur.

L'enfance de Chiara se déroula ainsi, entre les Saints d'Algisa et l'odeur savoureuse de laque et de lotions. Elle quitta précipitamment ce monde à dix ans lorsque Adolf Eichmann fut exfiltré d'Argentine par un commando israélien. Maurizio qui suivait le procès lui expliqua que ce criminel avait participé à l'élimination de familles entières, des millions d'innocents. « Comme si tous les habitants de Buenos Aires étaient envoyés dans le désert de Patagonie pour y être assassinés par des soldats », commenta-t-il. Chiara fixa l'écran de la télévision, le regard rivé au crâne clairsemé du bourreau, vérifiant avec répulsion le fondement de sa théorie.

« Pourquoi on les tuait ? » voulut-elle savoir.

Maurizio se doutait que son passé le rattraperait un jour. Mais il ne pensait pas l'expliquer si tôt à sa fille, lui révéler qui était son père, car il s'agissait bien de cela, lui dire qu'elle appartenait aussi à ce peuple, à son histoire.

« Parce que tous ces gens étaient comme moi, répondit-il, des gens dont ce Eichmann et d'autres, avaient décidé qu'ils ne devaient plus vivre, parce qu'ils étaient juifs.

— Mais toi tu n'es pas juif, les Juifs vont dans une autre église, m'a dit la dame du catéchisme. »

Il contempla sa fille avec bonheur, une enfant vive et pertinente comme sa mère, sage et réservée comme son père. Elle en possédait le large front et les épais sourcils, mais elle avait reçu de Lucia les flots de lumière de ses yeux, son gracieux port de tête, la beauté pâle de son visage.

« Tu sais qu'avant de venir en Argentine, j'habitais en Italie, à Rome, c'est là-bas que je suis né, dans le quartier juif, avoua-t-il d'une voix tendrement émue. Et mon papa, ma maman et mes deux petites sœurs sont tous morts à cause de cet homme-là. »

Le ventre de Chiara se noua d'horreur devant la figure blafarde d'Eichmann.

« Et toi, tu étais où ? prononça-t-elle enfin.

— Caché chez ma fiancée », répondit-il en souriant.

Elle se réfugia dans les bras de son père, intriguée par cette fiancée qui avait su le protéger des hommes dont l'âme était si noire qu'ils en perdaient leurs cheveux.

« Elle s'appelait comment ? demanda-t-elle.

— Alba. »

Ce fut en pleine retransmission de ce procès que Chiara entendit la sonorité de ce prénom. Elle en éprouva aussitôt une certaine familiarité. Peut-être avait-elle également senti le léger battement de cœur de son père, comme si cette mystérieuse fiancée avait conservé quelque pouvoir.

« Et elle est où aujourd'hui ? questionna-t-elle avec inquiétude.

— Au ciel, à cause d'autres généraux, des fascistes italiens, comme ceux qui dirigent le pays, ceux qui mettent n'importe qui en prison.

— Mais maintenant tu n'es plus juif, il ne peut rien t'arriver ?

— Non, mais il faut toujours se méfier des généraux. »

Chiara en nourrira une telle aversion que des années après Maurizio dut la supplier de ne plus fréquenter d'opposants au régime. Il redoutait que ce combat l'entraîne dans une clandestinité dont, comme Alba, elle ne ressortirait pas vivante. Et lui aurait tout donné pour que la fatalité ne le frappe pas une seconde fois. Sa fille vivait pourtant avec un activiste dont elle avait eu deux enfants. Enlevé sous ses yeux en pleine nuit, encagoulé, Javier fut emprisonné et torturé par la répression. Comme Maurizio, on l'identifia par un numéro, on le priva de nourriture et on le contraignit à de terribles conditions sanitaires. Nul doute que son corps eût disparu comme des milliers d'autres sans l'intervention d'une cliente, son influence contribua à sa libération. Maurizio qui ne cachait pas en privé sa haine de la junte adoptait une tout autre attitude dans son salon, choyant indifféremment toutes celles qui en poussaient la porte, jusqu'aux épouses des généraux qu'il saluait les bras ouverts. C'est ainsi que Javier fut relâché de l'École de mécanique de la Marine, un des pires centres de détention abritant le siège des forces de sécurité, la police secrète que Maurizio qualifiait de Gestapo argentine. À huit cents mètres de ces murs, le stade de River Plate s'enflammait à l'été 1978 lors de la coupe du monde de football, couvrant les cris des suppliciés, brûlés au chalumeau, les membres tranchés à la scie électrique, et dont les corps étaient jetés d'un avion dans le delta boueux du Rio de la Plata – le fleuve par lequel avait débarqué Maurizio.

Plus aucun exilé ne pose le pied sur les quais de Puerto Madero, même grand-père n'y est jamais retourné, seuls des touristes visitent l'*Hotel de inmigrantes* transformé en musée. D'autres s'aventurent en bateau sur les méandres du delta desquels ne surgissent que des bâtisses dissimulées par la végétation. Les victimes de la dictature gisent sous le sédiment, les os blanchis par l'ulcération du sable porté par le courant. Mon père qui a échappé aux remous du fleuve nous a quittés six mois avant ma naissance. Mon père qui n'a pas su résister à la vague de liberté soulevée par la démocratie. De son abandon, grand-père lui vouera une rancune farouche, sans pour autant regretter de lui avoir sauvé la vie. Accoudé à la terrasse d'un restaurant, tu regardes les promeneurs le long des docks, songeant que c'est avec moi que tu aurais dû découvrir ce quartier de Buenos Aires. Elle te paraît belle, ma ville, si animée malgré l'engourdissement du décalage qui t'a propulsé de quatre heures dans le temps. Ce n'est rien quatre heures dans le temps, et tout en scrutant l'eau épaisse, tu te demandes à quoi je peux occuper le mien. Le temps n'existe pas, mon amour, le temps n'est qu'un reflet terrestre. Une poignée de secondes pour rejoindre la table sous le ciel azur d'avril. Comme le français de ma mère est approximatif, elle y mêle de longues phrases en espagnol agrémentées d'italien. Mais elle persiste à employer ta langue, car ma mère, comme grand-père, est dotée d'un caractère obstiné, et puis, sans doute, est-ce sa façon de t'exprimer sa reconnaissance pour avoir accompli ce voyage. Moi aussi, j'aimerais poser ma main sur la tienne, mais tu ne ressens rien lorsque je te touche, tu n'es sensible qu'au vivant, au cœur broyé de *mamita* qui sanglote.

— Merci d'être venu, merci d'avoir fait tant de choses pour ma fille… Je sais qu'elle était très heureuse avec vous, très heureuse… Elle me manque beaucoup ma petite…

Tu serres sa main pendant que ma sœur garde les yeux baissés. C'est elle que tu as guettée à l'aéroport, elle dont tu aimes qu'elle glisse un bras sous le tien, comme le jour où, pour la première fois, nous sommes sortis du jardin du Luxembourg. La veille de ton départ, tu as recherché l'endroit où nous étions assis un an auparavant, la chaise depuis laquelle je t'ai avoué avec exubérance que je voulais une grande histoire, que tout soit grand entre nous. Mais les chaises du Luxembourg se ressemblent toutes.

— À moi aussi, elle me manque, réponds-tu dans l'ombre d'un sourire.

Tu devrais sourire davantage, mon amour, essayer de redonner un peu de vie à ton visage. J'aime ton sourire rassurant, il faut que tu souries malgré ta tristesse, ce chagrin qui me retient près de toi, il faut que tu souries pour me laisser partir. Que veux-tu donc encore savoir de moi ? Que veux-tu que je te fasse voir ? Oui, bien sûr, mon école à Recoleta, ma mère désirait que ses enfants y apprennent le français, parce que les gens cultivés, te dit-elle, parlent tous cette langue, et parce que mon père pensait que ça ne servait à rien, que c'était une attitude bourgeoise. Tu devines au ton de sa voix qu'elle le déteste toujours autant. Je suis morte avec cette rancœur, celle de ne pas avoir eu d'enfance avec lui, je le voyais peu et lui faisais payer son absence, le vide d'une maison sans père, ce vide qui a été le socle de ma fragilité. C'est grand-père qui m'a appris à pédaler dans les allées de ce parc que vous traversez tous les deux au milieu des vélos. Ma mère te montre le café que je fréquentais à la place des cours. Elle venait parfois m'y surprendre d'un air excédé, me sermonnait devant mes amies, me ramenait à la maison en me prédisant un avenir sombre, là, sur ce trottoir où vous marchez, partout où vous passez tu me vois passer, jusqu'au marbre blanc du *petit salon*, conservé tel qu'à l'époque. Ma sœur a convaincu ma mère d'acquérir l'appartement au-dessus du *nouveau grand salon* afin de réunir tous ces espaces. Mais je me souviens moi aussi d'avoir couru dans la pénombre de ce labyrinthe, riant des apparitions de mon reflet dans cette cascade de miroirs. Aujourd'hui, *le petit salon* est réservé à l'accueil des clients, un nouvel escalier dessert l'étage de verre qui plonge sur la rue. Ma sœur et son mari ont eu l'idée de lancer une gamme de produits cosmétiques, de franchiser la marque *Maurizio Coiffeur Colorista*. Que son nom fleurisse d'un bout à l'autre du pays a amusé grand-père. Mais à présent qu'il est cloîtré dans la douleur, il ne perçoit que les sursauts de sa respiration, comme si son souffle provenait d'un ailleurs. Même cette brise descend de cet ailleurs, et tu imagines que c'est moi qui t'effleure le visage. Cette brise t'apaise pendant que vous cheminez jusqu'à l'appartement de ma sœur. Ma mère t'embrasse au bas de l'immeuble, elle est fatiguée, préfère rentrer maintenant. Tu lui dis, *Au revoir Chiara*, et en prononçant son prénom, tu me vois blottie dans ses bras, tu vois le regard protecteur de mon frère, celui responsable de ma sœur. Elle te présente son mari, puis leur fille surgit dans l'entrée. Tu es troublé par notre ressemblance, je sais qu'elle en est fière, qu'elle pense souvent à moi. Tu l'observes toute la soirée, buvant des verres de ce vin rouge qui finit par te tourner la tête, ou est-ce cette brusque propulsion dans le temps qui t'envahit peu à peu ? Tu t'endors sur le lit de ma chambre, dans cet ailleurs où ta conscience sommeille non loin de la mienne. Mais toi seul, mon amour, vas te réveiller de cet ailleurs, recommencer à égrainer le temps. Le soleil est haut quand tu franchis l'enceinte du cimetière de la Chacarita. Ma mère dépose d'abord une rose sur la tombe d'Algisa, te dit combien cette femme était généreuse, puis, à regret, elle t'avoue ne pas avoir toujours été tendre avec ses enfants, croyant devenir folle après que son mari l'a quittée, comme si l'imminence de ma naissance avait entériné leur séparation. Il y a longtemps que j'ai pardonné à *mamita*, car j'ai hérité de sa rigueur, de son acharnement, de ses débordements d'amour. Ta poitrine se serre lorsque vous vous faufilez le long d'une allée bordée de cryptes. Ma mère ouvre la grille de notre sanctuaire, mais à travers les barreaux tes yeux sont déjà rivés au cercueil de ma nièce, à l'autre si petit de mon neveu. Ma sœur qui se débat aussi entre deux mondes n'a pas eu le courage de vous accompagner. Vous laissez quelques roses aux enfants, puis ma mère s'engage dans l'escalier étroit, elle gémit comme un animal blessé, s'affale sur les dernières marches, *pobrecita*, se lamente-t-elle, *pobrecita*. Tu l'aides à se relever, elle te regarde avec désolation, et toi, à hauteur de son épaule, tu reconnais le bois clair qui te sépare de mon corps. Ma mère te confie le bouquet, remonte lentement les marches en pleurant dans son mouchoir. Nous ne sommes plus que tous les deux, mon amour, c'est ce que tu me dis, tous les deux ensemble, comme si nous étions encore ensemble. Tu disposes des fleurs sur le cercueil de Lucia, puis ta main revient vers moi, me couvre peu à peu de ces roses blanches. J'aime sentir la vulnérabilité de tes caresses, les mots étranglés que tu me murmures. J'aime que tu me fixes en me donnant tout cet amour. Tu es tellement effondré de me retrouver là, allongée sur la pierre qui me soutient, proche de toi, inaccessible, dans tes bras qui oscillent, tes bras que je repousse doucement vers la lumière. Il te faut traverser cette lumière, vivre avec le temps qu'elle t'amène, oublier que je suis au bord d'une allée de la Chacarita. Il n'y a que mon corps, ceux de ma famille, et les cendres de nos ancêtres. Un jour, on brûlera ma dépouille pour en accueillir une autre, le jour où, comme te l'explique grand-père, plus aucun vivant ne se souviendra de moi. Tu n'aurais pas pu partir sans rencontrer le *Frisör* de Birkenau, l'homme qui a aimé deux femmes à la chevelure blond cendré.

— Moi aussi, je finirai dans une urne avec Lucia, mais l'esprit demeure, mon garçon, débarrassé de la chair, tu peux me croire… Sinon comment ma petite-fille pourrait-elle s'asseoir sur la chaise, là, à côté de toi ?

Tu fixes son visage émacié, enchevêtré de rides, la jointure blanche de ses doigts frêles, et tu devines pourquoi son regard est étrangement apaisé.

— Je ne suis pas fou, ajoute-t-il, ce n'est pas une illusion, depuis la nuit où elle est morte, quand j'ai vu l'incendie, elle s'assoit et nous parlons… C'est pour ça que je suis heureux. Elle m'attend, oui, elle m'attend…

Tu tournes la tête vers la chaise, observe le vide comme si j'allais le combler.

— Elle est là ? finis-tu par demander en italien.

— Non, mais même si elle était là, tu ne verrais que cette chaise, il n'y a qu'un vieux comme moi qui puisse la voir… Ton cerveau est trop rempli de vie…

L'émotion te fait frissonner parce que tu sais que grand-père a raison. Tu sais que je peux me manifester, comme quand tu t'es réveillé ce matin, que tu as touché mon oreiller, que tu as remarqué qu'à ma place le drap était défait. Grand-père t'écoute en hochant la tête.

— Elle t'a adressé un signe, répond-il d'une voix sereine, te remercier d'être venu jusqu'à elle… Mais je crois aussi qu'elle veut que tu comprennes qu'elle est entrée dans ta vie, qu'elle t'a fait ce cadeau, et que maintenant elle en est ressortie… Je sais ce que tu éprouves, mon garçon, tu penses que tu ne pourras jamais plus aimer une autre femme… Je l'ai cru également, et puis la vie m'a apporté Lucia. Un jour, tu iras vers une autre femme, il faut du temps avant d'aimer quelqu'un, mais c'est une force, mon garçon, la seule force qui compte.

Ma mère t'a montré la chambre de grand-père, les photos en noir et blanc sur chacune des tables de nuit. Ces deux femmes qu'il tient dans ses bras. Puis elle a pris dans le secrétaire quatre médaillons, la boucle d'Alba, celle de ma mère, la boucle de ma sœur, et la mienne qui est la dernière que grand-père a coupée. Comme lui, tu suspendrais bien ce médaillon à ton cou, mais tu n'as pas besoin d'une de mes mèches pour glisser la main dans mes cheveux.

— Elle aimait beaucoup Lucia, elle disait qu'elle était aussi désinvolte que sa grand-mère… Mais vous, c'était différent, elle vous admirait au-delà de tout… Elle m'a raconté que son premier portrait, c'était le vôtre, qu'elle avait eu une révélation en vous dessinant.

Il acquiesce d'un imperceptible mouvement de main.

— Elle avait cinq ou six ans, tout le monde disait qu'elle était surdouée… Mais c'est moi qui lui ai enseigné les nuances de la couleur, à rechercher celle qu'elle imaginait dans sa tête. Elle s'y est exercée toute son enfance, et je suis devenu son homme-couleurs.

Après le lycée, grand-père m'a encouragée à m'inscrire aux Beaux-Arts, c'est là que j'ai commencé à pratiquer le collage, à y intégrer peu à peu la photographie et la peinture. L'image m'inspirait d'abord une couleur, puis des matériaux qui auraient pu figurer dans ce qu'exprimait cette image. Il me semblait que le réel manquait de quelque chose, ou était-ce à moi qu'il manquait toujours quelque chose ? Expérimenter ce manque calmait mon anxiété. Je pouvais concevoir le monde en explorant mon propre univers, sans aucune entrave, sinon celle d'un cadre à l'intérieur duquel j'allais raconter une histoire. J'ai présenté mon travail de fin d'études, cinq toiles ayant pour thème la dictature, des photos déchirées, recomposées, comme l'a été sans cesse l'Argentine. Les couleurs sont celles du drapeau national, le bleu ciel et le blanc, j'y ai ajouté des fragments du Sol de Mayo, le Dieu du soleil Incas. Un galeriste de Retiro m'a commandé la série entière. Grand-père était si fier de cette exposition.

— Dès le début de son succès, j'ai su qu'elle irait en Europe, mais je ne pensais pas qu'elle y resterait… C'était comme si elle devait fuir, comme moi après la guerre, presque au même âge…

Grand-père a dû oublier ce qu'il me disait, je lui rappellerai que *la vérité est toujours en exil.* Je lui rappellerai ce qu'il me faisait chanter quand nous remontions l'Avenida del Libertador, *Después de haber cruzado el Continente, exclamando a su paso : Libertad! Libertad! Libertad!* Lors d'une invitation à Budapest, j'ai eu la chance de m'entretenir avec Johan, le peintre du camp, j'ai été bouleversée par ses dessins, de savoir que lui et Maurizio avaient pris tant de risques pour témoigner du génocide. Nous avons téléphoné à grand-père que Johan croyait mort depuis la marche forcée, il avait vu le soldat lui tirer une balle dans la nuque, et plus de soixante ans après, son ami lui répondait en riant.

— Un jour, elle m'a dit que les gens qui s'aiment finissent toujours par se rencontrer, prononces-tu doucement. C'était sa phrase préférée.

Grand-père souffle en geignant. Tu regardes la cicatrice étoilée sur sa gorge, ma main d'enfant qui l'effleure du bout des doigts.

— L'amour était sa phrase préférée…

Voilà, tu es reparti de quatre heures dans le temps. Maintenant, tu sais que ce n'est rien quatre heures dans le temps, juste l'immensité du ciel que toi et moi nous parcourons différemment. Ton avion atterrit à peine que je t'attends déjà chez toi, ma fougère a besoin d'eau, tu lui en donnes avant d'ôter ta veste. La terre mouillée s'imbibe du soleil qui pénètre par les hublots. Tu souris avec délicatesse, demain nous avons rendez-vous. Tu es pressé de me retrouver, de passer la chemise blanche que ma sœur t'a offerte. Elle t'a dit à l'aéroport qu'elle te considérait comme de la famille, oui, comme un beau-frère, que sa maison t'était grande ouverte, même si tu venais avec une autre femme. Ils veulent tous te revoir avec une femme. D'ailleurs, elles sont nombreuses le soir de mon vernissage. L'assistante de mon galeriste va jusqu'à poser une main sur ton épaule. Cette main t'encombre presque, et tu l'éloignes poliment. Tu n'es là que pour mes toiles, celles dont tu as eu la primeur les neuf mois où tu m'as regardée vivre, ces toiles que tu détailles une à une aux murs de la galerie. Je les portais en moi depuis toujours, mais c'est en suivant mon frère en Inde que j'en ai eu la certitude, dans ce temple où des milliers de pèlerins font offrande de leurs cheveux. Ils donnent aux dieux la plus longue part de leur beauté, pour accompagner un vœu, les remercier de l'avoir exaucé. Tous ont le crâne rasé en une poignée de minutes, des rangées de bidons remplis de cheveux vendus aux enchères. Les usines locales les lavent et les font sécher au soleil, comme une étendue de scalps que convoitent les acheteurs. Mon frère choisit les plus belles parures pour ses ateliers, puis de patientes ouvrières les transforment en extensions. Combien de cheveux pour illuminer ceux des femmes occidentales ? Sur les trente-cinq toiles exposées, dix ont été réalisées grâce aux photos ramenées d'Inde, celle que tu préfères représente le visage incliné d'une jeune fille, mains jointes sur le front, prête au sacrifice. J'ai poncé l'image par endroits, des rayures blanches sourdent de la couleur, comme échappées de la profondeur noire de la chevelure. La photo est bordée horizontalement par une étoffe bleue que j'ai découpée dans un sari. Cette femme sera la première qui entrera chez toi. Comme le couple qui te précède, tu esquisses un sourire face au portrait d'une famille noble dont j'ai retouché les perruques. Ne sont-elles pas plus attrayantes repoudrées de mauve, de rose, de violet ? Tu entends les commentaires au gré des tableaux, ma vision des cheveux plaît, mon amour, je l'ai même explorée jusqu'à ma propre histoire, celle dont j'ai héritée de grand-père. Bien sûr, on le voit à l'œuvre dans son salon de Recoleta, mais on découvre également l'œuvre de ceux qui ont brisé son histoire, anéanti celle de millions d'autres. L'horreur jaillit entre les pigments bruns qui mordent les photos d'archives, j'en ai recoloré le noir et blanc afin d'accentuer le contraste. Une toile te frappe d'emblée, deux soldats russes au pied d'une montagne de cheveux dans un hangar d'Auschwitz, sept tonnes de nattes et de mèches. Tout autour de l'image, j'ai disposé en morceaux la circulaire du 6 août 1942 ordonnant la récupération des cheveux dans tous les camps de concentration. On peut y lire la signature du SS-Gruppenführer Glücks. Tu te retournes sur mon galeriste dont tu remarques la pâleur. Il me connaît depuis mes débuts à Paris, et tu sais que je le considère comme un père spirituel. Il te dit combien il est affecté que je ne sois pas là avec vous. Tu lui réponds après un silence que je suis partout avec vous, oui, partout. Il acquiesce d'un geste consterné de la main, puis te dit que mon frère est arrivé. Toute sa tribu a fait le déplacement, car il tenait à ce que sa femme et ses trois enfants assistent à ce vernissage, même le bébé blotti dans ses bras, te précise-t-il en souriant de son mieux. Ses deux filles lui ressemblent, douces et discrètes, les yeux noirs brillant de cette vivacité qui t'interpelle. Sa femme t'embrasse avec une sorte de respect, comme si l'annonce de ma disparition lui était parvenue la veille. Ils se sont rencontrés en Argentine, un amour d'été qui aura conduit mon frère à traverser l'Atlantique à l'automne 2001, cinq ans avant moi. Lui qui est diplômé d'une prestigieuse école de marketing n'a jamais eu la moindre affinité avec le monde de la coiffure. Mais c'est en observant sa femme confectionner des perruques pour le théâtre qu'il a eu l'idée de créer son premier atelier. Ce revirement a profondément troublé grand-père, comment pouvait-on exploiter un commerce de cheveux humains ? À sa manière, je sais que mon frère n'a fait que reprendre sa succession. L'aînée s'avance lentement vers les tableaux, elle a six ans et réalise déjà ses propres collages. L'art n'est peut-être qu'une question d'enfance. Tu bois une gorgée de champagne dont les bulles te piquent la gorge comme des épines. Tu la bois si vite qu'on dirait que tu bois pour deux. Tu as raison, mon amour, fais comme si j'étais là, comme si je trempais mes lèvres au bord des tiennes. Fais comme si tout allait bien en te resservant du champagne, comme si j'avais soif que l'on se retrouve seuls après l'exposition. Fais comme si je franchissais la passerelle de la péniche en ayant trop bu, comme si je m'allongeais sur ton canapé. Viens me rejoindre, mon amour, viens te réfugier contre moi. Fais comme si tu remontais le plaid sur mes épaules, comme si tu fixais l'autre toile que tu as achetée ce soir, un autoportrait inachevé, ma boucle blonde sous le médaillon en verre. Fais comme si mon visage t'apparaissait, comme si un souffle de vie passait dans mes cheveux. N'allume pas cette cigarette, tu ne vas pas recommencer à fumer à cause de moi. Tu as trop bu, mon amour, tu pourrais t'endormir avec cette cigarette et mettre le feu au plaid. Tes yeux sont si lourds de fatigue, tes paupières se soulèvent et s'affaissent comme les miennes. Fais comme si tu n'allais pas t'endormir, comme si tu me respirais à travers ce flacon de parfum. Fais comme si tu embrassais ce jasmin, comme si tu m'embrassais. Fais comme si j'étais toujours ta Flor, comme si tu allais t'agenouiller devant ma fougère et compter les nouvelles pousses. Réveille-toi, mon amour, réveille-toi.

COMPOSITION DATAMATICS
CET OUVRAGE A ÉTÉ ACHEVÉ D'IMPRIMER
PAR DUPLI-PRINT A DOMONT (95)
EN JUIN 2014

N° d'édition : 00
Dépôt légal : septembre 2014
N° d'impression : 2014060802

Imprimé en France